瀬尾まいこ

私たちの世代は

文藝春秋

私たちの世代は

写真　岩倉しおり
装丁　大久保明子

第一章

今でもふと思う。あの数年はなんだったのだろうかと。不自由で息苦しかった毎日。多くの人から当たり前にあるはずのものを奪っていったであろう時代。

「もう行くんだ?」

パジャマのままの彼が言う。

「新学期だし早めにね」

「そっか。いってらっしゃい」

朝はいつも玄関まで送ってくれる。夜遅かった翌朝でも笑みを浮かべて。そんな彼の顔を見ると、あの日々が今日につながっているのだと思い出す。

「いってきます」

扉を開くと、あいにくの雨。それでも、いつだってこれから作られていく時が、わたしたちを待っている。

「夜の仕事って何？」

わたしがそう聞くと、ママは、

「そんなの、そのまんまの意味だよ」

と答えた。

「そのまんま？」

「そう。夜にしてる仕事ってこと。ビルの警備員さんとか、夜間救急病院のお医者さんとか、コンビニで夜に働いてる人とかが夜の仕事」

「ママも？」

「だね。ママは飲食店で夜に働いてるから、そうなるな。うん。れっきとした夜の仕事だね」

ママは自慢げに言った。

今日、月曜日は登校日だった。今年の三月終わりくらいから、今までになかった感染症が流行《はや》り出した。とんでもない感染力の上に治療法がないとかで、人と接したり話したりするのはなるべく避けないといけないらしい。そのせいで、三年生に進級したとたん学校は休校になった。それが、五月の連休明けから、週に二度月曜日と木曜日だけ、クラスを半分に分けて、午前か午後かの一時間マスクをつけて登校している。

学校に行っても、席は間隔をとられ、両隣や前後は誰も座っていないし、おしゃべりは禁止。授業をするわけじゃなく、体調チェックの紙に丸を付けて提出。あとはやってきた宿題を出して、次回までにしなくてはいけないプリントをもらって帰るだけだ。提出の仕方も感染症予防のために、一人ずつ先生の机の上に黙って置きにいく。しんとしたなか、奇妙な作業だ。

ついこの前まで、みんなで騒いで、教室の中でだって走り回っていたのに、突然こんなことになるなんて驚きだった。がらりと変わった日常にみんな戸惑ったはずなのに、それでも、少しずつこれがわたしたちの学校生活になっている。

感染症の患者が全国で増えた四月は、学校は休みで、不要不急の外出は禁止となり、仕事もオンラインでする人が増えた。それから一ヶ月が経ち、学校を完全に休みにしてはいけないと、わたしたちの学校では週に二度の分散登校が始まった。新学年が普段とは違う異様な空気で始まり、みんなそわそわしていたけど、五月も終わりかけた今では「まあ、こんなものか」と過ごしている。毎日テレビはどのチャンネルでも感染症のことをやっているから、隙間《すきま》なく頭に刷りこまれて、従うのが当たり前で、何も疑問を感じなくなっているのかもしれない。

同時に、感染症は怖いは怖いけど、身近にかかっている人がまだいないせいか、亡くなるのはほとんどが高齢者だという情報のせいか、わたしたちの恐怖心は薄れはじめていた。そもそも、わたしたち子どもが一日中何もしゃべらずにいられるわけがない。登下校の時もマスクをしてお友達と一メートル以上離れて歩きなさいと言われているのに、最近は大きな声でしゃべる子たちもいる。わたしも友達と一メートル空けてなんて歩いていない。

今日の帰り道、家がもうすぐのところで、かなえちゃんとアリスちゃんに、

「冴《さえ》ちゃんちのママって、夜の仕事なんでしょう？」

「うちのママも言ってた。冴ちゃんのお家って夜の仕事だから、今たいへんよねーって」

と言われた。

アリスちゃんとかなえちゃんは、まずいことを話す時のような小さな声でこそこそと聞いてきたから、ママが自慢げに答えたことにわたしは少し驚いた。

「夜の仕事って悪いことじゃないの？」

「まさか。どうして悪いの？　仕事なのに？」

ママは目を丸くする。

「じゃあ、たいへん？」

「そりゃ、たいへんかもね。どんな仕事でもたいへんだけどさ、夜間救急の先生は命にかかわる仕事だし、警備員さんは危険と隣り合わせだし。ママだってお客さんに楽しんでもらわないといけないから四六時中笑顔でいないとだめだし。うん、たいへん」

ママの言うことが本当だったら、夜の仕事は、命を救って危険を顧みず人を楽しませるヒーローみたいな仕事だ。

「かっこいい仕事なの？」

わたしが言うと、

「かっこいいに決まってるじゃん。病気を治し、悪者と戦って人を笑わせるんだから」

とママはイエーイと腕を突き上げた。

「笹森《ささもり》さん、夜の仕事ってなんか嫌な顔してたけどな」

かなえちゃんたちの質問にわたしが何も答えないでいると、後ろのほうを歩いていた笹森さんが、「そうだよ。冴ちゃんの家、夜の仕事だよ」と間に入ってきて、きっぱりと言った。

笹森さんとは去年も同じクラスだったけど、「え？　これ自分で描いたの？　うわ、冴ちゃん、絵へたなんだ」と貼り出されたわたしの絵を見て言った時と同じ顔をしていた。マスクで口元は見えなかったけど、目はあの意地悪な笑い方だった。

「わかるー。夜の仕事って、お給料がいいんだよね。夜って昼に働くより生活も不規則になるから、しんどいわけじゃない？　だからそのぶんお金がたくさんもらえて、うらやましがって嫌な顔する人いるんだよねー。笹森さん、お金好きなんじゃない？」

今度はママが意地悪そうに笑った。

「そんなことないと思うけど」

笹森さんは苦手だけど、ずっと同じクラスだ。お金が好きだと言われると、少し気の毒な気がした。

「まあ、そう言っても、感染症でここのところ、ずっと散々だけどね。お金もとほほだよ」

自慢げに話していたママは、ため息をついた。

感染症のウイルスは、人としゃべったり手を触れたりするだけでうつることもあるとかで、風邪やインフルエンザとは違うひどい病気らしい。人が集まって一緒に食事をすることは最も危険らしく、飲食店は休業要請をされている。

ママが働いているお店は、人との接触が多いし食べ物も出すから、感染症が取りざたされるとすぐに休業となった。

「仕事なくなったら、お金もなくなるよね」

今でも贅沢《ぜいたく》できないのに、もっと貧乏になったらどうしよう。わたしがそう聞くと、

「大丈夫。そこは、いろいろ手を考えてるんだ」

とママはにやりと笑った。

「どんな手？」

「オンライン接待しようかなって。よさそうじゃない？」

「オンラインセッタイ？」

「そう。ちょっとスケスケの服を着て、お酒を飲みながらおっさんの話を聞くの。三十分三千円とか……、いや、こりゃ五千円はとれるか」

「どうしてスケスケの服着るの？」

「そこがミソなのよ。スケスケだからこその五千円なんだよな」

「変なの」

やっぱりママの仕事って、よくないにおいがする。

「スケスケはやめて三千円にしとくか。でもさ、オンラインでの仕事だと家にいながらでき

るから、石崎《いしざき》のおばちゃんに来てもらわなくていいんだよ」

「そうなんだ」

「そうそう。いいことずくめだ」

石崎さんは、わたしが一歳の時から家に来てくれている近所のおばちゃんだ。最初はファミリーサポートというところからやってきて、わたしを見てくれていた。それが一年くらい経って、手続きも面倒だしもう親戚のようなものだからとファミリーサポートを挟まず直接来てくれるようになった。保育園から帰る夕方にやってきて、わたしが眠るまで家にいてくれる。

六十歳くらいの石崎さんは面倒見のいいおばさんで、わたしもママも大好きだけど、口うるさいところは少し苦手だ。お箸《はし》の持ち方や姿勢などをわたしは何度も注意され、ママも服装や家の片付けなどで小言を言われている。

「ま、石崎さん寂しがるし、感染症がちょっと収まったら、時々家に呼んでおくか」

「ママが家にいるのに?」

「そう。次働きに出る時、どうせまた頼まないといけないしさ、少しはこっちがもてなして、今のうちにごますっておこう」

ママはそう言うと、

「そんなことよりさ、もう暗くて人もいないだろうし、夜のお仕事じゃなくて、夜の散歩に行こうよ」

と立ち上がった。

「大丈夫？」

散歩なんて、不要不急の外出になってしまわないだろうか。

「大丈夫。感染症にびびって誰も外歩いてないから、気持ちいいよ。たまには外の空気吸わないと、体がおかしくなっちゃう」

「そっか。そうだね」

夕飯後。八時過ぎにアパートの階段を下りて外に出る。ママの言うとおり、外はしんとして誰もいない。一日の終わりなのに、空気はぴんと張って新鮮だ。人の気配も物音もない夜の空と風は、わたしとママだけのものだ。

「夜の空気っておいしいんだ」

わたしが言うと、「たっぷり吸っておこう」とママは深呼吸をした。

わたしも深く息を吸いこむ。体中に真新しい空気が入ってくる。二人の呼吸の音だけが聞こえる夜。感染症は早く終わってほしいけど、こういう時間がまだまだ続けばいいのに。そう思った。


「明日からこれだって」

私は学校から配られたタブレットをお母さんに見せた。

三年生になった日から学校は休校で、五月の連休明けの今日、少人数ずつではあるけどようやく登校できると張り切って行ったのに、タブレットを配られて、使い方の説明を受けて終了だった。

これからは学校には行かず、午前中オンラインで授業を行うらしい。しかも、それはいつまでかわからない。先生は「感染症が収まるまでは授業はオンラインで登校はありません」と言ったけど、期日を示してくれないと、どうしようもない。

「まあ、しかたないよね。オンラインもおもしろいかもよ」

お母さんは「昼ごはん何にしようか」と冷蔵庫を開けながら言った。

「オンライン授業とか、絶対疲れそう」

「心晴《こはる》は学校大好きだもんね」

「そう。早く新しい友達作って、昼休みドッジボールしようと思ってたのにさ。それなのに、クラスの子の名前だってまだ覚えてないんだよ」

今日の登校は三つのグループに分けられ、席の移動も禁止でマスクをしたままじっと先生の説明を聞き、わずか一時間程度で解散だったから、誰が同じクラスだなんてほとんどわからないままだった。

「家でゆっくりできるのもいいじゃない」

「一ヶ月以上もゆっくりしたのに？」

「感染症は困るけど、お母さんの仕事もしばらくオンラインになるしさ。二人でいろいろできるかもよ」

「まあ、それはいいかもだね」

我が家はお父さんが大阪で単身赴任をしているから、お母さんの仕事が忙しいと私は一人のことが多い。それが一緒にいられる時間が多くなるのは、少しうれしい。

「しかも、ほら、オンライン授業は毎日十二時三十分には終わるじゃない」

お母さんは学校で配られた時間割を見た。

「昼休みも給食もなくなるからね」

「午後からずっと自由だなんて最高でしょう」

「でも、外に出るのはだめだし、遊べないよね？」

テレビでも言っているけど、今日学校からも、「外に出るのは大事な用事がある時だけです。お友達とも会わないように」とうるさく注意された。

「外だけが遊び場じゃないよ。お母さん、いろいろ探してみるね。心晴が楽しめそうなこと」

お母さんは「任せといて」と声を弾ませた。

私のお母さんは、幼児教室の先生をしている。小学校に行く前の子どもたちに、パズルやブロックや文字などいろんなことを教えるのが仕事だ。その教室も少し前からオンラインになって、お母さんも家で仕事をするようになった。

「楽しそうなことか……」

私は自転車に乗ったり、鬼ごっこで走り回ったりするのが大好きだ。その代わりになるようなことがあるのだろうか。家の中でだなんて、あまり期待できないかもな。私はこっそりため息をつきながらお母さんが作ってくれたサンドイッチを口に運んだ。

翌日から始まったオンライン授業は、思ったよりは悪くなかった。先生やクラスのみんなの顔が、小さくてはっきりとはわからないけどたまに映って、画面越しでも見えるとわくわくした。それに、普段の教室とは違って、怒られることはないし、授業はスムーズだ。映るのはほぼ黒板でおもしろみはないけど、こっそり水を飲んだりあくびをしたりもできる。最初は早く学校に行きたいとうずうずしていたけど、一週間も経たないうちに、これが今の私にとっての学校なんだなと諦められるようにもなってきた。午後は午後で、タブレットを使って好きな動画を見て、楽しくはなくとも気儘《きまま》に過ごすこともできた。

「学校の外国語の授業って、日本人の先生だよね」

オンライン授業が始まって二週間ほど経ったころ、お母さんが言った。

「そうだけど？」

三年生になってから外国語の授業が始まった。と言っても、まだ最初だから、担任の先生がやっているし、世界にたくさんの国があることや、海外のあいさつくらいしか習っていない。

「すっごくいいもの見つけたんだ」

お母さんは誕生日プレゼントを渡す時みたいなにこにこした顔で、私にパソコンの画面を見せた。

「何、これ？」

パソコンには、「オンライン・イングリッシュスクール FANY」と書かれた外国の子どもたちが笑っているページが映っている。

「英語の教室。イングリッシュスクールだよ」

「イングリッシュスクール？」

「そう。家にいながら、ネイティブ、つまり外国人の先生に英語を学べるっていうの」

「へえ……」

それがどうしたのだろうと、私が適当にうなずくと、

「すてきでしょう。さっそく申し込んだから、来週から月曜と水曜に、心晴、英語の授業受けられるよ」

とお母さんが言った。

「へ？」

それは、私が英会話をやるということだろうか。

「楽しそうでしょう」

「え……どうかな」

「外国の人とおしゃべりできるんだよ。海外にいる人と話すなんて、普通はできない経験よ。楽しいに決まってる。こんなことができるのも、家庭学習の時間が増えたからだよね」

戸惑っている私をよそに、お母さんは一人嬉々《きき》としている。今まで習い事はスイミングしかしたことなくて、感染症が流行りだしてからは休校になっている。私が通っているのは私立の学校で、公立の学校より授業数も宿題も多いし、通学に時間もかかる。だから習い事はスイミングだけでいいよねって、お母さんは言っていたのに。今は午前中のオンライン授業だけだけど、習い事が増えるのは気乗りしない。それに何より、お母さんが探しておくと言っていた楽しいことが、こんなことだったことにがっくりきた。

私がそう思っているのがわかったのか、

「スクールって言ったって、ただ、好きなことを外国の人と話すってだけだよ。それでついでに勉強になればいいなって。学校の何倍も楽しいはずだよ。嫌ならすぐ辞めればいいし」

とお母さんは穏やかな笑顔を見せた。

「そうかな」

「そうだよ。ただネットでおしゃべりする遊びみたいなものだよ」

友達と話すのは禁止されているのに、知らない外国の人とは話せるんだ。お母さんは「心晴が喜ぶと思ったんだけどな」とつぶやいている。そっか。喜ばないとな。お母さんは私のために一生懸命探してくれたんだ。お母さんが言うのだから、楽しいのかもしれない。

「いいかもだね」

私は無理やりそううなずいた。


「わたしは一年で辞めさせていただきたいと思っていますが、でも、その一年間、誰よりも働きます」

隣の席の女が言った。やべえやつじゃん。私は思わず顔を見た。まっすぐに面接官を見て話す女は、黒い髪を一つに結んで、背筋を伸ばし見るからに優等生というタイプだ。そんなやつが真顔で何を言っているのだろう。仮に辞める気満々だったとしても、そこは何とでも言いようがあるだろう。正直ぶって、まったく空気の読めないやつ。就職の面接だってわかってるんだろうか。のん気に鷹揚《おうよう》に育てられたんだろうな。こういう世間知らずって、本当にいらつく。

「それは、どういうことかな？」

五十代くらいだろうか。男の面接官が、静かに尋ねた。怒るより先に、驚きが来ているのだろう。

「多くの経験をしたいと思っているんです。社会のことを知りたいというか、さまざまな仕事をやってみなくてはと。五年くらいはいろんな職場で働いて、そのあと、小学校で勤務したいと考えています。大学を出てすぐに教師になっても、世間を知らないままでしょうし、いくつかの仕事を知ることで保護者の方々の思いや各家庭の状況も想像しやすくなるのではと思っています」

隣の女のはきはきした言葉に迷いはない。だけど、今、誰もお前の人生設計なんて聞いてないって。私はうっかり舌打ちをしそうになった。

「へえ……まあどうなんだろう」

「悪くはない考えではあると思いますけど、会社としてはどうでしょうね」

先程質問をした男の面接官と、彼より少し若そうな女性の面接官。その二人がお互いに顔を見合わせて言うのをよそに、おまぬけ女は、

「わたしみたいに宣言はしなくとも、一、二年で会社を辞める人は多いと思います。でも、わたしは最初から一年間ここでお世話になると決めているので、突然辞めてご迷惑をかけることもないですし、期限があるからこそ、必死ですべてをかけて働くことができます」

と正しいのか正しくないのかわからない意見を堂々と述べた。六月に入って雨は降らなくても、湿度の高い日が続いている。部屋はクーラーが利いているけど、暑苦しい話に聞いているこっちが、じわっと汗が出そうになる。

「それはあるかもね。最近一年どころか一ヶ月で辞める新入社員が多いって話はあちこちで聞くから。若い人が同じ会社に居続けるのは難しいのかな。ねえ、あなたはどう思いますか？彼女の意見」

女性の面接官が私を見た。

「へ？」

私は思わずかすれた声が漏れた。

待ってくれ。どうして私が空気が読めない女のハチャメチャな意見について述べないといけないのだ。

「確かに聞いてみたいな。あなた方世代の人の考えは、わからないことも多くて。江崎《えざき》さん、彼女と同じ年ですよね？　こういう考えってどうなんだろう？」

男性の面接官も私に目を向ける。

どうなんだろうって、バカだなと思うだけだ。就職面接で一年で辞める宣言をするなんて、まぬけが過ぎる。しかも、それを正直ぶって発言する「わたしってまっすぐです」というアピールも嫌らしい。けれど、ここでそれを指摘できないのが、私だ。

「えっと、その、いろいろな考えがあると思うので、どうとは言えませんが。でも、ゴールがあるとがんばれるというのはあると思います。一年間必死で働くと言うのなら、彼女は御社にとって即戦力になる気もします」

ああ、ライバルなのにどうしてフォローするのだろう。私こそ、とんだまぬけだ。

「わかりました」

時間が来たようで面接はそこで終了となった。三人での集団面接だったけど、一年間で辞める宣言をした女のせいで、私ともう一人の男子はたいした発言ができなかった。

「江崎さん、すみません。ありがとうございました」

さっきの女が面接室を出ると、駆け寄って頭を下げてきた。

「いえ、特に」

「面接ってたいへんですよね。江崎さんは……」

「あ、では」

私は腕時計を見て急ぐふりをしながら、早足で階段に向かった。この女と帰り道に世間話をしながら歩くのはごめんだ。


ディスタンス世代、マスク世代、家庭教育世代。今、就職活動をしている私たちや少し上の二十代の新入社員たちは、そんなふうに呼ばれ、上の世代から消極的で協調性がなく何を考えているかわからない謎《なぞ》の若者たちのように言われている。

私が小学生のころ、新しいウイルスによる感染症が大流行し、直後二、三年間は人との距離をとることや外出時はマスクをつけることが徹底された。特にウイルスが何かわからなかった最初のころはひどいもので、学校へも通えず、不要不急の外出は禁止だった。その後、少しずつ緩んでは来たが、完全にマスクなしの生活になるのに五年以上かかったし、学校の活動や行事はなくなったり簡素化されたりした。

そのおかげで、私たちの年代は人との距離の取りかたが下手だとか、積極的に人とかかわろうとしないだとか評される。行事や部活などの団体活動が少なかったから、団結や協力を学んでこなかったせいだと。自ら望んでもいない数年間のことで、そんなレッテルを貼られるのだ。どの年代にだって、人懐《ひとなつ》っこい人も人見知りの人も、積極的な人も消極的な人もいる。どの時代だってそこにいる人はさして変わらないのに、何かと理由を付けて世代でくくるなんてばかげている。

けれど、あの数年間、何も影響を受けなかったのかと言えば、やっぱり違う。家で過ごすことが最善だとされていたあの期間が私に与えたものは何だろう。私から奪ったものは何だろう。薄暗いトンネルを緩慢に進んでいたようなあの時期。思い出したくなる出来事はたった一つしかない。

ほとんど外に出ず、家での学習を繰り返し、話し相手は母だけ。そんなうんざりとした日々が頭に浮かびそうになって、私はスマホを手にした。

さっきのおかしな女のせいで、鬱々《うつうつ》とした気分になったし、友人でも探してお茶でもして愚痴《ぐち》るか。

そうだ。あの期間で私が学んだことは、SNSやネットでなんでも探せることだった。好きな文具にレアな漫画本。勉強を教えてくれる先生。それどころか気の合う友人だって探すことができた。最初は、互いの顔も名前も知らせずにこんな簡単に友達ができるんだと驚いたけど、今はSNSで知り合った友達と長年やり取りしている。ここしばらく、SNS上の人間と会うことはほとんどなくなっていたけど、今日は誰かと話さずにいられない。

「まあ、こいつでいっか」

適当にお茶するだけだから、相手は誰でもいい。私は、一、二度会話したことのある相手にメッセージを送ると、待ち合わせ場所に向かった。

「えっと、あ、なんか写真と印象ちがうね」

ロイという名の男は、「近くにいるからすぐに行けるよ」とやってきて、私の向かいに座るとそう言った。カフェの前で待ち合わせた時はどぎまぎしていたくせに。顔が写真と違うのはお互い様だ。

「ちょっと、加工しちゃったかな」

私が笑うと、

「そうなんだ。かわいく見せたいって、いかにも女の子って感じだね」

とロイは言った。

いやいや。あんたも加工してるだろう。二十六歳ってSNSで言ってたけど、三十代後半、いや四十代に突入してる。あーあー、外れだ。

SNSの中は嘘が多いし、そこで知り合った人と会うリスクはわかっている。怖い話も聞くし、すぐさま逃げてまだ危ない目には遭っていないけど、私も数回ホテルに誘われた。だから、私は同じ人に二度会うことはしないし、会ったら終わりでメッセージの交換もその後はしないようにしている。

勉強だって仕事だってオンラインでできるし、いざとなれば友達も恋人もSNSで探せる。そう思えるのは、すごく楽だ。学校なんか行かなくても、勉強面でも社会面でもたいした遅れも損失もない。その分、家でネットにつなげばいいのだ。ＳＮＳ上の友達なんて信用できないと言う人もいるけど、誰より本音を話せることもあるし、欲しい言葉を言ってくれる。それで十分だった。

「どうして、ぼくに声かけてくれたの？」

自称ロイが言う。

「なんか話し相手がほしくて」

「そうなんだ。こないだ、みゅうちゃんとしてたチャットのやり取りとか、すっごい楽しかった。だから、ぼくも会えるの楽しみだったんだ」

「本当に？　ありがと」

「で、なんか話したいことあるの？」

「そうそう。今日、就職面接だったんですよね」

私がアイスカフェラテを一口飲んでから言うと、

「就活か。たいへんだよね」

と偉そうにロイが言った。

「ロイさんはどんな仕事されてるんでしたっけ？」

「ぼく？　えっと、そうだな。医療関係」

こりゃ絶対に嘘だな。目が完全に泳いでる。嘘をつくならもう少し練習すればいいのに。

そもそもロイって名前がやばいしな。もう少し話が弾むやつじゃないと、愚痴を言ってすっ

きりもできない。やれやれだと思いながら、

「そうなんですか。すごーい」

と私は口先だけで言った。

「まあね。それよりさ、みゅうちゃんって本名？」

「どうかな。本名をもじってるけどちょっと違うかな」

私は小首をかしげてみせた。

ありさでアーリー、なつきでナッチとか、本当の名前に近いネームにする子もいるけど、ばかだなあと思う。もっと警戒心持たないと。みゅうなんて私の名前に一文字もかぶってない。

「女子大生なんだよね？」

「え？」

「みゅうちゃん、今、女子大生だよね？」

「うん。そうだよ」

私はしれっと答えたけど、そんなこと確認してくるなんて気持ちの悪いおっさんだ。女子大生っていっても、卒業して一年経つけどね。と心の中で付け加えておく。偏見をなくそうとかって何年も前から声高に叫ばれているけど、女子大生とか女子高生とか本当好きだよな、男って。

「普段は何してるの？」

「普段？　どうかな」

「ぼくはドライブが好きでさ」

「いいですね」

「こないだも、長野まで車で……」

　ロイの話に相槌《あいづち》を打ちながら、テーブルの下でスマホを操作する。子どものころからずっとやり取りしているカナカナから、「ねねね、面接どうだったの？　大丈夫だった？」「面接終わったころだよね？　感想聞かせてよ」とメッセージが来ていたけど、そっと閉じる。最近カナカナのメッセージの頻度が多すぎて少し疲れる。今は軽い話がしたいのだ。

「この後どうする？」

　一とおり、話し終えたのだろう。そう言うロイに私はにこりと笑った。

「話せて楽しかった。ありがとう」

「え？　どっか行かないの？」

「うん。お茶飲めたから十分だよ」

　私はそう言って席を立った。

　こいつといたら、発散できるどころか、新しいストレスが増えそうだ。家に帰って、昼寝でもしたほうがずっといい。

「え？　もう行くの」

　ロイは不服そうな顔をした。

「うん。お茶しようって言っただけだよね？」

私は「ごちそうさまです」と頭を下げて、足早に店を後にした。


「ねえ、冴、見て見て見て」

朝からうるさくミシンの音を立てていたママがわたしを呼んだ。

「何？」

「マスク作ったんだ」

「マスク？」

五十枚近くはあるだろうか。ダイニングに行くと、テーブルの上には山ほどマスクが載っていた。

「かわいいね」

一つ手に取ってみる。柔らかいガーゼで作られたマスクは、ウサギの絵が描かれたものと車の絵が描かれたものの二種類だ。

「だけど、どうするの？　こんないっぱい作って」

外に出る時は必ずマスクをしなくてはいけない。それなのに、マスクが手に入りにくくなって困っているというニュースはよくやっているけど、どうしてママが作っているのだろう。

「オークションで売ろうと思ってさ」

「オークション？」

「そう。ネットで売るの」

「へえ……」

「今、マスクが品切れ続出でしょう？　悪い人たちが買い占めて、それを一万とかで売ってるんだって」

「ひどいね。最悪」

そんな人たちがいるのか。わたしは思わず声が大きくなった。

「人と会う時にはマスクしなさいって絶対的なルールみたいに言われてるのに、そのマスクが足りないってどういうことよねー」

「それで、ママが作ったの？」

「そう。今のマスク不足のうちにどっと作って売ろうと思って。あ、でも、もちろんママはちゃんとした値段で売るけどね」

「ふうん」

「ネットで売る前にさ、冴の学校でもマスク配ってよ。次の登校日に先生に渡して」

「えーどうして？」

「みんなだって、マスクなくて困ってるでしょう？　ネットでマスクを売り、近場で恩を売るっていうやつ。絶対喜ばれるからさ。冴のクラス何人？」

「三十一人だったかな」

「男子何人で女子何人？」

「そんなのわかんないよ」

クラス替え発表の時、貼り出された紙で名前を見たきりで、自己紹介もしてないし、分散登校で午前午後に分かれているから、出席番号が自分より後ろの人には会ってもいない。

「ま、どっちが車でどっちがウサギでもいいか。男子が青、女子がピンクとかって今は古いんだよね。そういうの言っちゃだめなんでしょ？」

「ああ、男の子も君じゃなく、名字にさん付けで呼ぶんだよ」

それはわたしが入学してからすぐに先生に言われた。あだ名や下の名前じゃなく、きちんと名字にさん付けで呼びましょうって。幼稚園までは、あっくんとか、まあちゃんとか好きに呼べてたのに、驚いたっけ。

「げげげ。同性愛も性同一性もどれもこれもそれでいいじゃんって思うけどさ、男子は青ねって言っただけで騒ぎ立てる世の中を何とかしてほしい」

「わたしが？」

「そう。冴、賢いからさ、将来先生とか市長になって、本当に大事なこと教えてやればいいよ。その辺のとこよろしく。はい」

ママは訳のわからないことを言いながら、マスクを紙袋に入れてわたしに渡した。

「とりあえず、三十枚。担任の先生に渡して」

「まあ、いいけど」

担任の赤井《あかい》先生は今年から来た女の先生で、まだ授業らしいものすらしていないから、どんな人かよく知らない。突然なんだと思われないかな。けれど、マスクはみんな必要だろう。きっと、クラス分渡したら、先生だってうれしいはずだ。ママは料理は苦手だけど、裁縫はうまい。わたしの手提げ鞄も上履き入れも、ママの手作りで、誰のより凝《こ》っている。このマスクだってすごくかわいい。そう思うと、誇らしい気分になった。


マスクは先生にとても喜ばれた。「お母さんによろしく言ってね」と何度も言われたし、「お母さんに渡して」とお礼の手紙ももらった。でも、それから、二週間くらいして、一枚残ったマスクを先生に返された。一人だけ渡せなかったらしい。

それを持って帰ると、ママは、

「誰のぶん？」

と目を見張った。

「誰かは聞いてないけど……」

そんなに驚くことだろうかと思ったわたしに、

「今、マスクは最大の必需品で高級品でみんなが欲しがるものなのに。受け取らないって不思議じゃない？」

とママは言った。

「そんなに大事なんだ」

「そうだよ。緊急事態だよ、これは。いったい誰なんだろう」

「先生に確かめてはないけど、たぶん、清塚《きよづか》さんだと思う」

「清塚さん？」

「うん。分散登校が一緒の前半の子で、ずっと休んでるのは清塚さんだけだから」

「へえ……。先生は家に持っていってくれないのかな？」

「感染症流行ってるから、行けないんじゃない？　家庭訪問だってなくなったし」

宅配便も今は手渡しでなく、玄関の前に置いておくというシステムになっている。先生も、家には行きづらいのかもしれないし、大事なマスクだからこそ勝手に郵便受けに入れるわけにいかなかったのかもしれない。

「まあ、それもあるか。で、清塚さんって家どこ？」

「知らないよ」

わたしが通うのは学年二クラスしかない学校で清塚さんの顔は見たことはあるけど、一年も二年もクラスが違い三年で初めて一緒になったから、家までは知らない。

「そっか……。どうせ学校に聞いても教えてくれないよね。マスク一枚届けてくれないうえに、個人情報だとかって住所すら秘密なんだろうなあ。あ、そうだ。ＰＴＡ会長に電話してみようっと」

「っていうか、マスク届けるの？」

なんか面倒なことになりそうだなと思っているわたしに、

「当たり前じゃん」

とママはしっかりとうなずいた。

「何のために高いお金を出さずに公立の小学校に行ってると思う？　公立のメリットは徒歩圏内にクラスメートがいるってことでしょう」

「そうなの？」

「そう。手の届くところにクラスメートがいるんだからさ、そこを活用できないんだったら、奮発して私立に行ったほうがましじゃない」

わたしが通っていた保育園からも、まりかちゃんやりく君は私立の小学校に行った。私立は高いお金がいるのか。そういえば二人ともなんかお金持ちそうだったな。

「去年、ＰＴＡ役員しててよかったわー。おかげで保護者のネットワークができたもんね」

ママはそう言いながら、ＰＴＡ会長とやらにさっそく電話をかけた。

ママが感染症でまいっちゃうとか、今度の担任はどうだとか、どうでもよさそうな話で盛り上がって一時間近く話しているのを、わたしは課題の漢字を書きながらところどころ聞いていた。

ママはわたしが一年の時に学級委員を、二年の時にＰＴＡ役員をしていた。夜の仕事だから昼間は暇だからね。誰もやりたがらないならやっとこうと言いながら、今年は自治会の役員もしている。面倒なことも多いのに、ママはどれも楽しそうだ。人としゃべることが本当に好きなんだなと、笑い声をあげているママを見ていると思う。

「よし、清塚君の住所ゲットー。っていうか、清塚君男の子なんじゃん。冴、なんでもさん付けで呼ばないでよね。ややこしい」

ママは電話を切って一気にそう言うと、

「さあ、届けに行こう」

とわたしに言った。

「今から？　わたしも？」

「そうよ。今マスクが要らないなんて異常事態だもん。これは緊急を要する外出に当たる。それに、いくらママが美人でも突然知らない中年女性が一人で家に来たら不審者でしょう？クラスメートが一緒じゃないとさ」

そこまでしてマスクを届けないとだめだろうかと思ったけれど、ママに「早く早く、まさに不要不急じゃない時がやってきた」とせかされ、わたしも急いで靴を履いた。

清塚さんの家は、わたしが住んでいるアパートと小学校の間にある古い住宅が並ぶ一帯にあった。本当に人が住んでいるのかというような崩れそうな古い家が五軒連なった真ん中が清塚さんの家だった。

「郵便受け満タンじゃん」

ママの言うとおり、さびた銀色の郵便受けからはチラシが何枚も飛び出していた。ママは迷いなくチャイムを鳴らしたけれど、誰も出てきそうにない。

「長期不在なのかな。ね、冴も一緒に呼んでよ」

「えー。迷惑じゃないかな」

「なんで、迷惑なのよ。さ、呼んで。せーの」

「清塚さーん」

わたしが小声で言うのに、ママは
「ちょっと、呼ぶ時くらい、普通に君付けでいいんじゃないの？」

と顔をしかめた。

確かに、教室の中や先生の前では、男子のこともさん付けで呼んでいるけど、仲のいい子は遊ぶ時に君付けや呼び捨てでみんな呼びあっている。でも、まだ清塚さんとは仲良くなっていないのに、勝手に君付けしていいのだろうか。わたしがそんなことを言うと、ママは、

「えー。全員さん付けで呼びましょうって、平等を謳《うた》っておきながら、子どもたちの間で、君付けとさん付けで仲良さの違いが出ちゃうなんて、本末ひっくり返りじゃない」

と文句を言った。

「本末って何？」

「何って……、そんなのママ賢くないからわかんないや。とにかく、家まで来てるんだもん。もう清塚君は、親友ってことで。君付けで行こう。ママと冴で呼び方が違うとそろわないでしょう。せーの」

ママに強引に言われて、わたしも少し不安になりながらも、

「清塚くーん」

と声を出した。

何回か二人で呼びかけてチャイムを鳴らすのを繰り返していると、ガタガタと音を立てて開き戸が開き、ひょろっと細い男の子が出てきた。何度か使いまわしたものだろう。よれよれになったマスクをしている。今までしっかりと見たことがなかったけど、こんなに細くて髪の長い子だったっけ。わたしがじっと見ていると、清塚さんは不思議そうに首をかしげた。

「えっと、お父さんとかお母さんとかおばあちゃんとかおじいちゃんとかいる?」

ママはそう言いながら、

「あ、人とは一メートル以上間空けないとだめだった。ソーシャルディスタンス何とかだよね。じゃあここでストップ」

と後ずさりをして清塚さんと少し距離をとってから、

「清塚君、今、一人?」

と聞き直した。

「そう」

「えっと大人の人って、いつ帰ってくる?」

「お父さんとお母さんのことだよね。明日とか明後日かな?」

人懐っこい感じはないけれど、緊張や警戒心はないようで清塚さんの声は落ち着いている。

「いつからいないの?」

「昨日の朝だったかな」

「ってことは、清塚君、今日、朝ごはんは食べた？」

「いつも食べないから」

「昼ごはんは？」

「食べてない」

「げげげ。こりゃマスクより早急にいるものがあるね」

ママはそう言うと、

「十分後にまた来るから、冴、清塚君と話しておいて」

と言い捨てて、そのまま走っていった。

「え、ママ！」

わたしがそう叫んだ時には、昔陸上部だったママは、もう角を曲がって姿は見えなくなっていた。

「えっと……」

話しておいてと言われたからには何か話さないと。ママが戻るまで、時間をつながないと。

わたしが何を言おうかと迷っていると、清塚さんが、

「同じ学校の子だよね。どうして突然来てくれたの？　俺、何かよくわからないんだけど」

と冷静な顔で言った。

ずっと同じものを着ているのだろう、柄が薄くなってよれたTシャツに、髪の毛もぼさぼ

さで肩につく長さだ。そんなだらしない格好なのに、焦《あせ》りもせず落ち着いているせいか、清塚さんはわたしなんかよりずっとしっかりして見えた。

「あ、そう。あの、わたしのママがマスクを作って、学校に持っていったの。で、みんなに配ったんだけど、一枚余って……。休んでるから清塚さんのかなと思って。届けに」

「マスク？」

「そう。これ」

わたしはマスクの入った小さな紙袋を二人の間の地面に置いた。感染するからお友達に触ることは控えるようにと言われているから直接渡さなかったのだけど、もしかして、わたしが清塚さんのことを汚いと思っているからだと感じたらどうしようと心配した。けれど、清塚さんは気にならなかったようで、「もらっていいの？　ありがとう」と言ってマスクを拾い上げた。

「えっと、清塚さん、学校来ないの？」

感染症の流行で人が外に出ないせいか、夕方前の住宅街は静かだ。わたしはなぜかしんとなるのが不安ですぐに言葉を発した。

「学校、休みじゃないの？」

「五月から週に二度あるんだよ。一時間だけだけど」

「へえ」

「知らなかったの？　ひかり連絡網で回ってきたけど」

ひかり連絡網というのは、学校の情報が送られてくるアプリだ。すでにわたしが一年生のころから、お知らせがプリントで配られることはめったになく、ほとんどの情報はこのアプリでスマホやパソコンに送られてくる。もう分散登校が始まって、一ヶ月以上が経っているのに、まだ清塚さんは知らされていなかったのだろうか。

「俺、スマホ持ってないし」

そんなのわたしもだ。だけど、ママのところに届いて、それを知らせてもらえる。だいたいそういうものじゃないのだろうか。もしかしてと思って、

「清塚さんは一人暮らし？」

とわたしが尋ねると、

「まさか。俺小学三年生だよ。まあ、でも、一人の時が多いけどさ」

と清塚さんは少しだけ笑った。

変な質問をしてしまったようだけど、笑顔が見られたのはよかった。少しほっとしていると、ママが走って戻ってきた。

「お待たせ、お待たせ。コンビニでパンとか牛乳とか買ってきたんだ。よかったら食べて」

ママはそう言って清塚さんの手にビニール袋を握らせてから、

「あ、そっか。今人に触っちゃいけないんだ。ごめん。でも、おばちゃん人の五倍健康だから、感染症にはなってないと思う。ついでに風邪にも虫歯にもなってないよ」

と言って手を上げた。

「ありがとうございます」

清塚さんは丁寧に頭を下げた。

「清塚君、お父さんとかお母さんとかおばあちゃんとかおじいちゃんとかは仕事？」

「たぶん」

「そっかそっか。うちもさ、父親はもともといなくて、おばちゃんも仕事で夜にはいないんだ。ついでにおばちゃんは親がいないからじじばばはそもそもなし。今はおばちゃん、感染症のせいで仕事休みで家にいるけどね。ま、どこでも、親とか保護者とかなんてそんなもんだもんね」

走って戻ってきたママは息を切らしながら、我が家の家庭状況をざっくりと明かした。

児童養護施設で育ったママは、親が誰かはわからないし親戚もいない。パパはわたしが一歳の時に亡くなっている。ママにとってそれらはたいした問題ではないようで、いつでもさらりと説明する。

「パパがいないのは冴にはかわいそうだけど、でも、ママは冴がいて最高に幸せ。今まで親も親戚もいなかったのに、こんなすてきな冴がいるんだもん。ラッキーすぎる」とか、「神様ありがとう。子どもの時苦労した分、こんなかわいい冴を私のもとに連れてきてくれて。ああ、人生って最高」とか、しょっちゅうママが言うから、わたしも父親がいないことやママに親がいないことは、どうでもいいことのように感じている。ママがいてわたしがいて十分幸せ。それが事実だ。それなのに、我が家の家庭事情を聞くと、みんな戸惑ってしまう。

だけど、清塚さんは、

「みんなもそんなもんなんだね」

とうなずいた。

「あ、そうだ！　これからさ、三日に一度、パンとかお菓子とか、おばちゃん、持ってきていい？」

ママは楽しそうな顔でそう聞いた。

「どうして？」

「おばちゃん、夜の仕事なくなって暇だし、スーパーとかコンビニのパンを届けるの趣味なんだ」

ママが意味不明なことを言うのに、

「はあ」

とだけ清塚さんは答えた。

「じゃあ、決まりね。人とは十五分しか話しちゃだめなんだよね。またね、清塚君。次は木曜日の四時に来るよ」

ママは勝手に時間まで決めてしまうと、そう手を振った。わたしも、

「じゃあ、清塚さん」

とぺこりと頭を下げた。

すると、ママは、

「清塚さんじゃなくて、清塚君でいいよね？　清塚君もこの子のこと、冴ちゃんって呼んで。かわいい名前でしょう」

　と笑った。

「もちろん清塚君でいいです。えっと、ありがとうございました。冴ちゃんと冴ちゃんのお母さん」

　清塚さんは躊躇《ちゅうちょ》なく、今日初めて話したわたしのことを下の名前で呼ぶと、「じゃあまた」と頭を下げた。


　それから三日に一度、清塚君の家にママとパンを届けた。夏休みに入ってもそれは変わらなかった。コンビニやスーパーは各家庭一人しか入ってはいけないから、ママかわたしのどちらかが買い物をして、どちらかは店の前で待った。七月も終わり、雨の日や暑い日が多く、外でじっと待っているのはつらい。ちょっと前まで、二人で買い物に行くのが日常だったのに、そんなものはあっけなく変わってしまった。そして、初めは戸惑っていたわたしたちも、それにあっけなく慣れてしまう。当たり前に来る明日なんて一日もなくて、それでも、わたしたちはそれを受け入れて進んでいくしかないのだ。

「何か作ってあげればいいのに」

　パンと飲み物がいっぱい入った袋を持って歩くママの横でわたしは言った。清塚君の家は誰かが料理している様子はない。それなら、栄養のあるおかずを作ってあげたほうが喜んでもらえそうだ。

「そうは思ったけどさ、今の世の中感染症ってうるさいじゃん。家族以外が作ったものは、食べにくいんじゃないかな。それに、もともと、人が作ったもの食べられない人もいるらしいし。パンがちょうどいいのよ」

誰が作ったものでもがつがつ食べるママはそう答えた。

「そうかな」

「それに、パンは日持ちするしさ」

「確かに腐りにくそうだね」

「でしょ。それに、何よりママ、料理苦手だしね」

ママは肩をすくめて、

「毎日パンはどうかと思うけど、牛乳飲んどけば大丈夫なはず」

と陽気に笑った。

パンだろうとお菓子だろうと、何も食べないよりはずっといいだろう。わたしも「そうだね」とうなずいた。

清塚君と話す時間はほんの少しずつ増えていった。まさかパンのおかげではないだろうけど、会うたびに清塚君が活気づいているようで、うれしかった。

この前届けに行った日は、玄関の前に置かれた紙袋から小学校の封筒が飛び出ているのに気づいたわたしが、

「あれ、学校の課題じゃない？」

と指さすと、

「そっか。昨日先生から電話あったっけ。宿題夏休みもあるんだよな」

と、清塚君は紙袋を手に取って中をのぞいた。

「宿題のプリント信じられないくらいいっぱい入ってるよ」

わたしが言うと、

「うわ、本当だ」

と清塚君は中を確認しながら顔をしかめた。

「冴ちゃん、もうやってる？」

「一昨日最後の登校日で配られたから、少しだけやった」

「天才なんだな」

「天才じゃないよ。漢字と計算ばかりだから時間いっぱいかかるし」

「漢字、面倒だもんな」

「そう。手も痛くなるし、わたし苦手」

「冴ちゃん、手、痛くなるほど書いてるの？　それ、力入れすぎなんじゃない？」

「そっか。そのせいかな」

そんな些細《ささい》なことを二人でしゃべったのが、なぜかすごく楽しかった。友達と話せる機会がほとんどないせいだろうか。久々に本物の友達と会っている気分になった。ママはわたしたちが話しているのをいつも楽しそうに見ている。今日は何を話せるかな。そう思うと、湿気っぽい風もじんわりした暑さも気にならなかった。

一学期もそろそろ終わろうというのに、オンライン授業は続いていた。学校から配布されたタブレットで、月曜日から金曜日、昼まで授業を受ける。最初はごくたまにみんなの顔が映し出されたり、先生の様子が見えたりするのが楽しかったけど、今は黒板だけが映り、先生が淡々と授業を進めるばかりで、何もおもしろくはなかった。

そのうえ、私は学校の授業以外に、英会話、つい最近は体育までもインターネットで授業を受けている。

英会話は先生が毎回変わりどの人もフレンドリーで堅苦しくなく、ただ会話をするだけでそんなに難しくはないし、体育も先生のまねをして、体を動かすだけだから気楽にできて気分転換になるはずなのだけど、やっぱりマンツーマンの授業となると、どこか疲れる。

「今日の昼からは体育だっけ？」

昼ごはんのオムライスを食べていると、お母さんに聞かれ、私は「そう」とだけ答えた。

「あら、どうしてつまらなそうな顔」

お母さんはそう言って私の頬をつまんだ。

「だって、ただ体操するだけなんだもん。おもしろいわけがない。前まで体育が一番好きだったのにな」

「心晴、動き回るの好きだもんね」

「やっぱオンラインだと、柔軟体操とか体幹《たいかん》鍛える運動とかばっかでつまんないよ」

学校の体育がおもしろかったのは、みんなでボールを投げあったり、競争しあったりしていたからなのだと今さら気づく。

「でも、体操のプロに習えるんだから学校の体育より、お得だと思ってよ」

「まあ、そうだよね」

「最初は、心晴、体育ができるってはしゃいでたじゃない」

初めはなんだっておもしろく感じるものだ。英語も体育もインターネットでできるなんてすごいと思えた。家だけで過ごす毎日があまりに単調なせいで、ネットを通してでも知らない人と話せて扉が開いたような気もした。だけど、慣れるとパソコンの画面でできることは、私には退屈だった。思いっきり運動場を走ったり、友達の思いがけない発言に笑ったり、先生に怒られたり、友達と秘密の話をしたり。パソコンの中にはない、あのどきどきとわくわくがほしいのだ。

「早く学校始まらないかな」

「どうだろうねえ。感染者、増える一方みたいだし。けれど、心晴の学校はネット授業をいち早く導入してくれてるからまだいいよ」

お母さんは私が通う私立学校が気に入っているようで、よくそう言う。

「そう？」

「公立とかだと週に何回か宿題もらいに行って、家で大量にプリントやるとかで、それもたいへんみたいよ」

「週に何回かでも、学校に行けるっていいな」

私が通う学校は、バスと電車を乗り継いで一時間近くかかるところにある。新しい学校でネット環境が充実しているから、オンライン授業で学校には行かずに済んでいる。地域の学校では、分散登校が実施されたり、半日だけ授業が行われたりするようになったところもあるみたいだ。

「ちょっとまだ人が集まるのは、危ないよね」

お母さんはそう眉《まゆ》をひそめたけど、私はほかの学校がうらやましかった。

突然新しい病気が流行って、学校も休みになって、外食なんてもってのほかで、マスクが必須になった。最初はただただ不安で、毎日ニュースで流れる感染者情報が怖かった。病気になるのが恐ろしくて何度も手を洗った。けれど、少しずつ慣れてくると、窮屈で息苦しい日々が続くことに音《ね》を上げそうだった。

お母さんはなんでも楽しもうと言ってくれるし、このマンションの中でできることをあれこれ探してくれる。その気持ちはよくわかっている。それでも、二人きりの生活は気づまりだ。単身赴任している父親は、新幹線に乗るのもよくないし、人口の多い大阪から私たちのところへ帰るのは危険だと、土日も帰ってこなくなり、来月のお盆休みも戻らないらしい。ニュースでも、県をまたいだ移動はすべきでないと繰り返しているし、帰省をしない人がほとんどだそうだ。すべてはこの感染症のせいで、誰のせいでもない。

でも、「さあ、今日はおやつにホットケーキでも作ろう。おもしろいよ」とお母さんが笑みを浮かべるたび、そんなこと望んでなんかないのにと、心のどこかでふつふつとした苛立《いらだ》ちが生まれそうになった。

長い長いトンネルのような夏休みを終え、二学期になり、ついに、私の通う学校でも分散登校が行われることになった。週に二日、クラスを二つのグループに分けて、違う曜日に二時間ずつ登校するというものだ。

タブレットのメールにその連絡が来た時には、思わず「やった！」とジャンプしたくらいうれしかった。

ただ、マスクを外すことも、会話も禁止で、席は前後左右が空いていて、トイレ以外自分の席を立たないようになどと、たくさんの注意が書かれていた。

せっかくみんなと会えるのに、これじゃ縄で縛られているのも同然だ。けれど、今まで家に閉じこめられていたのだから、ずいぶんと進んだようにも感じられたし、子どもの私にも感染症は怖かったから、対策は当然のことだとも思った。あまりに毎日ニュースで見ているから麻痺《まひ》してしまっているけど、いざ自分が外に出るとなると、不安になる。だけど、友達と会える喜びはそんなすべてを大きく上回った。

九月一日。私はうれしくて朝五時に目が覚め、何度もランドセルの中を確認した。筆記具とタブレットくらいでたいした持ち物もないのにだ。電車やバスはなるべく避けてくださいと連絡があったから、お母さんに車で送ってもらって学校に向かった。

お母さんは何度も、

「消毒忘れないでね。マスクずれないように」

と、車の中で忠告をした。

分散登校だから、生徒は少ししかいなかったけど、それでも校門や下駄箱で一、二年のころから知っている友達と会えた。マスクをしているけど、笑っているのはわかる。お互い近づくこともしゃべることもできずに、そっと手を振りあう。それで十分うれしくなった。

学校の中は、教室前、トイレ前、黒板の前。あらゆるところにアルコール消毒液が置かれていた。教室はクーラーをかけているのに、窓は開放され、先生の前にはアクリル板が設置されていた。入り口に名前と席順が貼り出されていて、そのとおりに座る。前後左右誰もおらず、教室が広く感じる。

「刑務所みたい。入ったことないけど」

二年の時も同じクラスだった男子がそう言って、数人が笑った。すると、先生は、「静かに」とマスクの前で人差し指を立てた。そうか。笑うことさえ禁止なんだ。私たちはぴたりと声を収めた。

みんな、緊張しながら二時間を過ごした。二つにクラスを分けているし、不安な人は欠席可能だったから、教室には十名もいない。いつも騒々しいはずの教室は、がらんとして誰もいないかのようにしんとしていた。

それでも、ただ学校にいるということがうれしかった。同じ年の同じような気持ちを持つ人がここにはいるのだ。タブレットの画面を通さず、同じ空間の中に現実の友達がいる。それだけで安心できた。

接触を避けなくてはいけないということで、帰りは三名ずつ下駄箱へと向かうよう指示され、私たちは先生に見守られながら、門を出た。門の前にはお母さんが迎えに来てくれていて、急いで車に乗るように言われた。だいたいどこの家も車での送迎のようだ。友達に手を振って後部座席に乗りこむと、私はマスクを外して大きく息を吸った。

「ああ、苦しかったー。でも、超楽しかった」

「よかったね」

お母さんはそう言うと、「さ、消毒して」と携帯用の消毒液を私に渡した。今日四回目の消毒だ。おかげで手はがさがさしている。

「あ、心晴、家まではマスク外さないで。ちゃんと授業受けられた?」

「うん。なんとかなったよ」

私は顎《あご》まで下げたマスクを口に戻した。

私たちの順応性はすばらしいと思う。オンライン授業だと言われればタブレットに向かい、二時間マスクをしてじっと授業を受けろと言われれば声も漏らさず教室で座っている。感染症が怖いからというのもあるけど、こんなに次々いろんなものを押し付けられ、それに従っているなんてすごいことだ。

学校に来られたのはよかったけど、授業自体は一人でできるものばかりだった。しゃべるのは禁止だから発表もなく、先生が説明してノートに書いたり、問題を解いたりするだけで、オンラインとさほど違いはなかった。何より近くにいるのに友達と一言も話せなかったのは、つらかった。

それを告げると、お母さんは、

「残念だったね」

と言いつつ、「そっか。話せないんだね」とどこか安心したようにほっと息をはいた。

二回目の登校日。算数の授業中、先生の説明をぼんやりと聞きながら机の中でがさがさになった手をさすっていると、何かが指先に当たった。紙だ。

一センチ四方くらいに折られた紙。なんだろう。先生に見つからないようにそっと取り出して開けてみると、そこには、

音楽とか体育とかすればいいのに。学校来てもつまんないな

と小さな字で書かれていた。

手紙だ。きっと、分散登校の違うグループの誰かが書いたのだ。私と違う曜日に、この席に座るこのクラスの誰か。手紙とはいえ、教室の中での、最初の会話。三年生になって、友達とマスク越しのあいさつ以外の言葉を交わすのは初めてだ。私の中に大きな気持ちが押し寄せてくる。ああ、こうやって話せるんだ。同じクラスの同じ年の友達と。誰かの手を通して書かれた生の言葉を、私は受け取ったんだ。短いメッセージに、驚くくらい心が弾む。先生は黒板にひたすら問題を書いている。今なら大丈夫。私はノートを小さく破って、メッセージを書いた。


休み時間がほしい！　トイレに行くだけじゃなく運動場に行けるやつ

名前を記そうかと思ったけど、見つかって叱られるのも嫌だし、相手も名前を書いていなかったからやめておいた。

休み時間に運動場に行きたい。それを書いただけで叱られるかもと不安になるなんて、どこかおかしいよな。と少し思ったけど、しかたない。私たちが帰った後、先生は机を消毒するだろう。その先生の目から逃れられるよう、小さく小さく手紙を折りたたみ、届いてくれますようにと願いを込めて机の奥に押しこんだ。

その日から次の登校日が待ちきれなかった。

私が通うのは、火曜日と金曜日。もう一つのグループは月曜日と木曜日だ。今日は木曜日。今ごろ、あの席に座っている子は手紙を読んでくれているだろうか。返事を書いてくれるといいな。誰かわからないクラスメートとの小さな会話は、私のどんよりしかけていた日々に、すきっとした日差しをもたらしてくれた。

夏の暑さはまだ残っているけど、もう秋なのだ。毎年秋には運動会に音楽祭に遠足があった。今年は行事はないだろうけど、楽しいことがある季節だということには変わりがないのかもしれない。一つでもわくわくすることがあると、面倒な課題だってはかどる。分散登校でオンライン授業がなくなりそのぶん宿題が増えたけど、手紙が待っていると思えば、たやすいことだ。自分の部屋で計算問題をしていると、お母さんが、

「心晴！　すごいよ！　見においで」

と大きな声を出した。

「どうしたの？」

リビングに行くと、テーブルの上に長細い箱が置かれている。

「何？」

「じゃーん。頼んでおいたの、今日届いたんだ。開けてみて」

お母さんの目はキラキラしている。よっぽどいいものが入っているのだろうか。

「じゃあ、開けるね」

ゲームだといいな。友達のほとんどが持っているゲーム機を私は持っていない。でも、まさかな。お母さんはそういうの嫌いだし、それだと箱が大きすぎる。そう思いながら段ボール箱を開けると、さらにケースが入っていた。この形には見覚えがある。

「うん？　なんだろう」

ケースを開けると、そこにあったのはヴァイオリンだった。

「お母さんやるの？」

私が聞くと、

「そんなわけないでしょ」

とお母さんは笑った。

「心晴、学校始まっても音楽や体育がなくてつまらないって言ってたでしょう」

「言ってたけど……」

「先のことはわからないけど、やっぱり声出す音楽とか体動かす体育って、なかなか再開されない気がするんだよね。だから家でおもしろいことできないかなって」

「それでヴァイオリン？」

「いいと思わない？」

お母さんは私の目をのぞきこむ。いいのだろうか。ヴァイオリンっておもしろいのだろうか。やりたいだなんて一度も思ったことがなかったから、私にはよくわからなかった。好きな教科は音楽と体育だ。だけど、できなかった音楽がこれでできる。そういう喜びはちっとも湧いてこなかった。

「難しくないかな？」

私はそっとヴァイオリンに触れた。どうやって音を出すのかもわからない。

「ヴァイオリンもネットで教えてもらえるんだよね」

「また？」

私の声はどうしてもうんざりと響いた。週に二度の分散登校が始まって、学校のオンライン授業はなくなった。それなのに、体育も英語も私はまだネットで受けている。そこにヴァイオリンまで加わるのだろうか。

「いろんなホールでもコンサートしたことがある、すごい先生に教えてもらえるんだよ」

「そうなんだ」

もう私が習うことだけじゃなく、どの先生に教わるのかも決まっているのだ。

「感染症のせいで、学校活動も規制ばかりでしょう？」

「だよね」

「あれだめ、これだめって、できないことにため息ついててもしかたないじゃない？」

「まあ」

「それだったら、今の時期だからこそできることを探すのが一番でしょう？」

お母さんはにこりと笑った。

それなら、人がいない時間に公園に行くことや、早朝の散歩を許してほしい。ぎちぎちの生活の中、閉じこもった部屋で行われることが増えすぎて、私はどこかついていけなくなりそうだ。

「心晴、実はすごい才能あったりして。子どもって何を好きになって、何をできるようになるかわからないから楽しいよね。本当、可能性の塊《かたまり》だよ」

お母さんは「持ってみて」と私にヴァイオリンを手渡した。ヴァイオリンはずしりと重い。

「心晴のヴァイオリン、聴くの楽しみだな」

お母さんの笑顔は、何の疑いもなく私に向けられている。

ヴァイオリンだって、やってみたらそれほど悪くないはずだ。私は自分にそう言い聞かせた。私たちが学校生活をなんとかして送ろうとしているように、お母さんだって、私の今の生活をいいものにしようと必死なのだ。

「そうだね。楽しいかもだね」

私はそううなずきながら、ヴァイオリンをケースに戻した。

「お疲れ、岸間《きしま》さん」

蒼葉《あおば》がハイボールを掲げた。

「ありがとう」

わたしも蒼葉が作ってくれたお酒を一口飲む。搾《しぼ》ったグレープフルーツがさっぱりしていて、この蒸し暑さを吹き飛ばしてくれる。お酒は得意ではないけれど、ちょっとしたことを終えた後は、アルコールを飲みたくなる。

「どうだった？　面接の手ごたえは」

開店前の店に、蒼葉が面接お疲れ様会をやろうと呼んでくれた。二人でお酒を飲んでしゃべるだけのことだけど、何かあると、蒼葉は自分の店にわたしを呼んでは、お酒や簡単な料理をふるまってくれた。

「まあまあかな。一年で辞めるって言っちゃったから、それがどう思われるかだけど」

「岸間さん得意の嘘つけないってやつね」

蒼葉が笑う。

「そういうわけじゃないけど。でも、採用人数は十人って多めだし、いけそうな気もする」

わたしたちの住む地方都市は、駅にさえ行けば一時間少しで東京に出られる。それなのに、駅までの交通の便が悪いのと昔ながらの住宅地でおしゃれな店や娯楽施設が少ないのとで、若者がいつかない。そこで、来年、観光産業に力を入れ、半官半民でホテルやコンベンションセンターやショップが一体となった観光センターを立ち上げることになった。若者に仕事がなく都会に流れていくのを食い止める目的もあってか、地元出身者十名をそこの職員として採用すると公表した。それなのに、面接には五十名も集まっていなかった。

「ま、岸間さん、賢そうに見えるから、受かりそうだけどな」

「賢そうに見えるって、どういうことよ」

「いい意味でだよ。いつもなんかいいこと言ってるじゃん」

蒼葉はお酒を飲みながら言った。

「何それ、口先だけの人みたい」

「違う違う。いつも何かを掲げてそれに近づこうとしてる。尊敬してるんだよ」

お酒に強い蒼葉は、水みたいにハイボールを飲み干した。

「それより、蒼葉は？　新しい仕事とか、探さないの？」

わたしは賢そうに見えるのかもしれないけど、蒼葉は本当に頭がいい。中学の時のテストは、誰よりもよくできた。

「無理でしょ。俺、中卒だしさ」

蒼葉は何かというと中卒という言葉を使う。自分を卑下《ひげ》しているわけではなく、いろんなことの言い訳に便利に使うのだ。

「中卒だって何でもできるだろうし、気になるなら高校卒業の資格取れば？」

「まあなー。でも、夜働いて酒飲むのは体にはきついけど、合ってるんだよな。俺にはこの仕事が」

「そうなのかな」

「お酒の作り方も人との接し方も、ついでにお箸の持ち方なんかも。礼儀や所作とか、全部ここでお客さんに教わったみたいなもんだもん。お得な仕事。儲《もう》かるし」

「なるほどね」

蒼葉は中学を出て、昼間はファストフード店やファミレスでバイトをし、夜は両親がやっていたこの飲み屋を手伝いながら居酒屋で働いていた。蒼葉がバイトで貯めたお金で、汚かった店は少しずつ改装され、今では女の子一人でも入りやすいおしゃれな店になっている。蒼葉の作る料理もおいしくて、それなりに繁盛しているようだ。両親はもともと働くこと自体が好きではないらしく、この店を蒼葉に譲ると家を出たらしい。

この店で働いている蒼葉は、確かに生き生きしている。けれど、どうだろう。と時々思う。蒼葉はずっとこの世界にしかいないから見過ごしているだけで、もっと合うものがあるかもしれない。

中学生の時、

「俺は大事なものも未来も何にもないから、何でもできるよ」

と、みんなを前にして鋭い目で言い放っていた蒼葉は、無敵に見えた。本当になんだってできる少年に思えた。この仕事が悪いとは思わないけど、ほかの世界を見てもいいんじゃないかと思ってしまう。

「そんなことよりさ、去年は介護職で次は観光センターって。岸間さんはあといくつ仕事する気？」

蒼葉は「はいどうぞ」とトマトにたっぷりの玉ねぎとチーズを載せたサラダを出してくれ

た。

「今回の仕事で会社員の感じや公務員の雰囲気はわかりそうだから、あとは接客業をしておきたいなと思ってる」

「そっか。すごいよな。俺、そんなに職場変わったら、毎回緊張しそうだわ。それに年に一回面接って胃腸壊しそう」

蒼葉は胃を押さえて顔をしかめた。

「わたしも緊張するよ。小学校で働くためだと思うからできるようなものの」

「小学校で働くって、そんなに大事なんだ」

「わたしにとってはだけど」

「まあ、俺たちが子どものころ、感染症のせいでろくに学校機能してなかったもんな。学校生活を取り返す感じなの？」

「どうだろう」

もう一度学校生活を送りたい。そういう思いはない。ただ、あの時、もっとできることがあるのに、もっとしてあげられることがあるのに、と小学生だったわたしは何度も思った。先生、ここにいるわたしたちを、誰も取りこぼさないで。たくさんあるわたしたちの可能性に、ちゃんと触れてみて。そう願っていた。

今となっては、感染症は昔のこととなった。それでも、いつだって子どもたちは自ら望んだわけでもない危なっかしい船に乗らなければならない時がある。それならば、せめて、どんな波が来ても、手を差しのべられる準備はしておきたい。

「ま、結局俺はなんだって岸間さんに賛成だけどね」

蒼葉は「さ、食べて」とパスタを出してくれた。生クリームと胡椒だけで味を付け、大葉がたくさん載ったパスタ。わたしは蒼葉が作るこのパスタが大好きだった。

「ありがとう。蒼葉の作る料理食べたら、自信出るよ」

「超光栄」

蒼葉は微笑みながら、開店の支度を始めた。わたしは少し急いでパスタを食べる。

昔は下の名前でお互いを呼び合っていたのに、十代の後半から蒼葉はわたしを岸間さんと名字で呼ぶようになった。疎遠になったわけではないし、今でも蒼葉は変わらず優しく、何かあれば励ましてくれる。それなのに、岸間さんと呼ばれるだけで、距離ができてしまうように感じる。生きる道が、住む世界が違うんだ。名字で呼ぶことで、蒼葉がそう示しているようで、岸間さんと呼ばれるたびに未だにわたしの胸はざらついた。


ウイルスは暑さに弱いという話もあったけど、八月に入っても感染症の患者は増える一方で、外出禁止は前よりも厳しく言われるようになった。病院が回らなくなっているらしく、休業になった店も増えた。わたしたち子どもも夏休みだからと遊びに行くこともなく、じっと家で過ごした。夜遅く、家の周りをママと散歩するのと、三日に一度、清塚君の家に行くのだけが外に出られる時間だった。

「感染症って、便利なこともあるよね」

スーパーでパンと飲み物を買いこんで清塚君の家に向かう道中でママは言った。

「どうして？」

この暑い中マスクをしないといけないし、スーパーに行っても他人と一メートルは距離を空けないといけないし、一人しか店内には入れないし、面倒なことだらけだ。

「買ったもののほうが安心だからって、料理しなくても堂々と言い訳できるし、こんなに人がいない中歩けるなんて開放的だし、学校の友達の家に親までもがしょっちゅう行けるしさ」

「でも、感染症なんかなかったら、何だって自由にできるじゃん」

わたしが言うと、

「そう？　こんな事態じゃなかったら、清塚君の家になんてママ行けてないよ。ちょっとラッキー」

とママは笑った。

直接渡すのはよくないから、玄関前にスーパーの袋を置いてから、清塚君ちのチャイムを鳴らす。二回目からは、一度のチャイムで、すんなりと出てきてくれるようになった。

「こんにちは」

汚いTシャツにぼさぼさの頭のままで、清塚君はあいさつをする。

「こんにちは。最近具合はどう？」

ママは「よし、この辺が一メートルかな」と清塚君との距離を確認してから質問した。

「特に何もないかな。元気は元気」

「そっかー。今日は何してたの？」

「寝てた」

「だよね。やることないし、外出ちゃいけないし、寝るしかないよね」

「確かに。冴ちゃんは何してるの？」

清塚君はいつもわたしにも何か尋ねてくれる。

「わたしは学校の課題したり、あとはママが作ったマスクを袋に入れる手伝いをしたりしてる」

料理は下手だけど、裁縫が得意なママはマスクを大量に作って、ネットで売っている。一枚二百円だけど、今の世の中じゃ格安のようで、よく売れている。できたマスクを透明の袋に入れるのがわたしの仕事だ。

「ちょっと、勉強して手伝いしてって、一人優等生ぶるのやめてくれる？」

ママがわたしを見て顔をしかめるから、

「あ、寝てたりテレビを見たりもするけどね」

とわたしが言うと、

「いいじゃん。十分、すごいと思う」

と清塚君は笑ってくれた。

「宿題、たいへんじゃない？」

清塚君は一、二年の時よく学校を休んでいたし、三年になってからはまったく来ていない。授業を聞いてなくて宿題ができるのだろうか。余計なお世話だけど、そう聞いてみると、

「夏休みの宿題はもう終わったよ」

と清塚君は答えた。

「まさか全部？」

夏休みは半分終わったけれど、たくさんの漢字プリントに計算問題、説明がちょっとだけついた意味のわからない社会や理科の問題。外出するのを阻止しているのかと思うほど、プリントの枚数は多く、わたしはまだまだ残っていた。

「うん。三日で終わらせちゃった。ためるとやる気なくなるからさ」

「うわ、すごすぎる。わたしは一日三枚が限度」

「毎日コツコツやるほうがきっとためになるよ」

清塚君はそう言った。

家は手入れされていないのが外回りからでもわかるし、親がいる気配はほとんどない。学校だって休んでいる。けれど、ただそれだけで、清塚君自身は明確に言葉を話す、しっかりした人だ。

「あー、十五分経った」

ママは腕時計を見ると、

「会話は、一メートル距離をとって、十五分以内って。この奇妙なルール誰が作ったんだろうね」

と眉根を寄せた。

会話についてだけでなく、感染症が流行って、たくさんのルールができた。スーパーは一人でしか入店できなくて、レジ前は並ぶ時に距離が近くならないよう線が引かれていて、飲食店は休業がほとんどだ。同居している人物以外と話すのは十五分以内。建物に入る時には熱を測りアルコールスプレーをしなくてはいけない。マスクなしで、外に出るなんてとんでもない話だ。

だけど、テレビでは重症者や医療従事者がたいへんな思いをしている様子がひっきりなしに流れている。ルールを守ることが、自分やみんなの命を守ることになると何度も訴えられると、それを破ろうなんて思えるわけがなかった。

そうだとしても、十五分は、誰かと過ごすのにはあまりにも短い。いつもあともう少しと思ってしまう。

「じゃあ。ありがとう」

清塚君は会話を切り上げると、ぺこりと頭を下げ、「バイバイ」と大きく手を振った。

頭を下げるだけだと、なんだか仰々《ぎょうぎょう》しい。そこに振ってくれる手があるからか、わたしもママも恩着せがましいことをしている気分にならずに済んだ。清塚君に応えて手を振ると、暑さを含みつつもわずかに軽くなった夕方の風が手のひらに当たる。

「さよならは寂しいけど、なんだかバイバイっていいよね。子どもの使う言葉って最高」

ママはそう言って、わたしと同じくらい大きく手を振った。


九月になり、十一日から分散登校を毎日行い、給食は実施しないがパンと牛乳が配られると学校から連絡が入った。

週に二度だった登校が、午前と午後に分かれ、毎日実施されるようになるのだ。クラスを半分に分け、これまで一時間だった授業が午前二時間、午後二時間に増えるらしい。そして、それと同時に、給食用のパンと牛乳を持ち帰って食べるよう配布するそうだ。

ニュースで、パンや牛乳の廃棄が多くて業者が困っていると言っていたから、その対策もあるのだろう。しかし、今までこんな簡単なことを実施しなかったなんて。

先生たちは知っているのだろうか。給食がないと、食事にありつくのも難しい子どもがいることを。テレビの中だけでなく、そういう子どもたちが、自分たちが働く学区内にいることを。いつ食べられるかわからない恐怖。先が見えない不安。それがどれほどのものか。大人にはわからないにちがいない。

今ごろになって給食を配布するという連絡に、なぜだろう。わたしは怒りを感じていた。

「えー、もう清塚君の家、行けなくなるのか」

学校の連絡を読んだ、ママが言った。

「清塚君、学校行くかな？」

「賢そうだもんね。行けばいいと思うけど、どうなんだろう」

「パンと牛乳、毎日配られるんなら、わたしとママは持っていかないほうがいいのかな？」

「さすがに給食だと先生届けそうだよね。義務教育だしさ。学校からも私たちからもパンを押し付けられたら、あの家パン屋敷になっちゃうね。いったん中止かな」

学校に毎日行けるなんてうれしい知らせだ。家で宿題ばかりしていたのが、友達と会える。たった二時間の分散登校。今までどおりの生活が戻るわけじゃないけど、少しはいい日々が始まるはずだ。それでも、清塚君の家にパンを届けに行けなくなるのは寂しい。わたしだけでなく、ママもそう思っているようだ。


九月八日。今日で最後かもしれないと、わたしとママはたくさんのパンとお菓子と飲み物を買いこんで清塚君の家に向かった。

いつもどおり、チャイムを鳴らすと清塚君が出てきて、

「え？　こんないっぱい？」

と袋を見るなり大きな声を出した。

「そうそう。なんか学校始まりそうだからさ」

ママが言うと、

「ああ、それ、うちの母さんも言ってた。こないだ学校から電話あったみたい」

と清塚君も言った。

お母さんと時々は話して、学校のことを知ることもあるのか。当たり前のことなのに、わたしは少し驚いた。

「上がる?」

清塚君は玄関前で、家の中を指した。「え?」

上がるって家にだろうか。戸惑っているわたしの横で、

「いいの?」

とママは弾んだ声を出した。

「一応、朝から窓全部開けて換気はしたし、俺ができる範囲だけど、アルコールのスプレーはまいた」

確かに、ここから見える二つの窓は全開になっている。

「お邪魔できるなんてラッキー。でも、おばちゃんと冴が入っても大丈夫? 後でお母さんやお父さんに怒られない?」

ママが聞くと、清塚君は「たぶん大丈夫」と言った。

「それならお邪魔しちゃおう。私たちも清塚君も見るからに健康だから心配ないよね。今、友達の家に入れるなんて、奇跡だよ」

ママはわたしの背中を押した。

「どうぞ」と清塚君に言われるまま、恐る恐る薄暗い家の中に入る。うちのアパートも寝室とキッチンとダイニングしかない小さな家だけど、清塚君の家はさらに狭く、居間と台所だけだ。それに、変色した畳や破れたままの障子のせいか、一昔前の家のように見えた。

「汚いだろう?」

「うちも似たり寄ったり」

ママは清塚君にそう答えたけど、床のあちこちに無造作に物が置かれ、シンクには皿や鍋が積み重なってあふれている。正直に言うと、我が家の何倍も汚かった。ただ、わたしたちを招待するためか、畳の部屋の古くて小さなテーブルの上とその周りだけはきれいになっていた。

「これ、こないだお母さんが買ってきた分、今度冴ちゃんたちにお礼しなくちゃと思ってこっそりとっておいたんだ。少しなんだけど、持って帰って」

清塚君は大袋入りのチョコレートをテーブルの上に置いた。

「うわ、ありがとう。だけど、どうせなら今買ってきた飲み物と一緒に、このチョコここで食べようよ」

ママがそう言って、三人でテーブルを囲んで座った。わたしと清塚君は向かい合わせに座りながら、それぞれ「今食べるの?」「みんなで食べて大丈夫かな」と小声で言った。家族以外との食事は自粛すべきだとしつこいくらいに言われている。

「大丈夫に決まってるよ。清塚君とはこんなに会ってるんだから、家族同然でしょう？　それに、もしこの中の誰かが感染症だったら、とっくに全員なってるって。三人とも元気だし、心配ない」

　ママはそう言いきると、買ってきた紙パックの飲み物を、

「イメージで決めます。清塚君はさっぱりしてるのでオレンジ、冴はのんびりしてるのでリンゴ、私は美しいのでブドウ」

　と三人の前に置いた。ママはなんでもさっさと始めてしまう。わたしと清塚君は「何その勝手なイメージ」と一緒に笑った。

「じゃあ、チョコもどうぞ」

　清塚君はそう言いながら、チョコを五つずつ、わたしたちに配ってくれた。

　ママはさっそく、

「いただきます」

　とマスクをずらしてチョコを口に入れ、マスクを戻すと「おいしい」と言った。

「じゃあ、わたしも……いただきます」

　わたしは手を合わせてからママと同じように、マスクをずらしてチョコを口に放りこんですぐにマスクを戻した。

　甘いチョコレートが口の中でゆっくり溶けていく。感染症のせいで、人から物をもらうのも、他人の家で何かを食べるのも、ママ以外の人と食卓を囲むのも久しぶりだからだろうか、

チョコレートはとんでもなくおいしく感じた。

「すごい。おいしい、このチョコレート。本当においしい」

わたしが思わず歓声を上げると、

「本当に？」

と清塚君が首をかしげた。

「うん。本当、すごくすごくおいしい。たぶん、今まで食べたチョコで一番おいしい」

「今までで一番？」

清塚君に不思議そうに聞かれて、わたしはもう一つチョコレートを口に入れた。

「うん。やっぱりそうだよ。すごくおいしい。本当に。ありがとう清塚君。世界で一番おいしいチョコだよ」

確かめようと食べた二個目のチョコレートも口いっぱいに甘さが広がって、幸せな心地にしてくれた。気のせいじゃなく、今まで食べた中で一番おいしいチョコレートだ。

「こりゃ最高の食べ物だね」

ママもそう言って、「うん、確かに今までで一番おいしいお菓子かも」とチョコを口にした。

そのあと、わたしたちは飲んだり食べたりする時だけ、マスクをずらして口に入れ、すぐさまマスクを戻して、というおかしな食べ方をして、三人でくすくす笑った。

お母さんやお父さんはどうしているのだろう。料理や洗濯は誰がするのだろう。親はいつ家にいて、清塚君はどんな生活をしているのだろう。そんなことを聞きたかったけど、さす

がに聞けなくて、わたしは、

「来週から学校に来る？」

と尋ねた。

「どうかな」

清塚君は気乗りしない声を出した。

「学校嫌い？」

ママが三つめのチョコを口に入れながら聞く。

「そりゃそうだよ」

「どうして？」

わたしとママの声が重なる。

「当然じゃん。俺、汚いし貧乏だからばい菌扱いされるし。一年でも二年でも、触ったらばい菌うつるってみんなに逃げられて、散々だったな。だからほとんど休んでた」

清塚君は悲惨なことをからりと言った。

「えー、清塚君、服が汚いだけで全然汚くないじゃない」

ママは失礼なことを大きな声で言った。

「そっかな？」

清塚君が気にしてないようで、ほっとする。

「そうそう。Tシャツなんて、干す時によく引っ張ったら、しゃんとしてきれいに見えるし、いざってときはダメージ加工ってことにすればいいよ。それに、さっき、マスク外した顔こっそり見たけど、清塚君、めちゃくちゃ男前だよ。汚いどころか、美しい子どもだ」

ママは「だよね。冴」とわたしに言った。清塚君はかっこいいとは思うけど、うなずくのは恥ずかしくて、わたしは「どうかな」とあいまいに笑った。でも、今、清塚君が学校に行っても、ばい菌扱いされないのは確かだ。だから、

「今なら、清塚君、誰にもばい菌とか言われないと思う」

とわたしは言った。

「どうして？」

「だって、今、クラス全員がばい菌みたいなものだから」

「え？　みんなそんな汚くなってんの？」

清塚君が目を丸くする。

「あ、そうじゃなくて、この感染症で誰がウイルス持ってるかわからないって感じで、人が落とした物も拾っちゃいけないし、物の貸し借りも禁止だし、友達に触っちゃいけないし、近づいちゃだめだし、みんながみんなのことばい菌みたいに接してる状態だから」

「はあ……」

「清塚君だけじゃなく、みんな誰にも触らないし、みんな誰にも近づかない。ま、先生いない時とか、登下校の時とかはおしゃべりすることもあるけど」

わたしの説明に、清塚君は、

「冴ちゃんの励まし方って、すごくおもしろいね」

と笑った。

「そう？」

「うん。俺がばい菌ってことは否定せずに、みんなもばい菌ってことにしちゃうんだもん」

「そっか。変だったかな」

「だけど、ちょっと安心した。どっちにしても、パンと牛乳だけはしっかりもらいに行かなきゃだしな」

清塚君はそう言った。

「そうだよね。うん。もらうべきだ」

わたしもなんとなく力強く言う。

「パンもらえるのはいいことだけどさ、もう清塚君の家に食べ物届ける口実で来られなくなるのは寂しいな」

ママはぼそりと言った。

「ああ、そっか。そうだ。今までありがとうございました」

清塚君は改まって頭を下げた。

「えー、大げさなこと言わないでよ。一生のお別れみたいじゃん。目から何か出てきそう」

ママが泣きまねをする横で、

「でも、学校では毎日会えるようになるんだよね？」

とわたしが言うと、清塚君は、

「うん。そうだね」

とうなずいた。

「なんだかんだって、子どもはずるいよなー」

そう言うママを二人で笑った。

みんなで笑っていると、マスクをしているだけで、穏やかで心地よかった元の生活が戻ったような気がした。

たった十五分、小さなテーブルで食べた五個のチョコレート。わたしがこんなふうに友達と食事をすることは、それから先、何年もなかった。


九月第二週、三回目の登校日。教室に入ると、私はすぐに着席し机の中を探った。指先に当たる小さな紙の感触に心が跳ね上がる。返事だ。私が書いた言葉に返事が来たんだ。慌てて破らないように気をつけながら、そっと開くと、

走り回って、大声出したい。トイレの時しか動けないって、さいあく!

と書かれてある。

小さな文字の短い文。それでもわかる。十分わかる。気持ちが通じ合える同じ立場の相手と言葉を交わせたことにうれしくなる。すぐに応えたくて、授業が始まる前にとノートの端っこをちぎって、何を書こうか考える。書きたいことはいっぱいある。だけど、大きな紙にして先生に見つかったら、台無しだ。この小さな紙に、何を書けばいいだろう。何から伝えよう。焦らなくても大丈夫。きっと、このやり取りは続けられる。今日言えなかったことは、また次に書けばいい。私はそう自分を落ち着けて、

休けい時間なのに自由じゃないもんね！　マスク外したいな。みんなの顔よくわかんないし。新しい友達なんておぼえられそうにないよ

と書き、紙をできる限り小さく折りたたんで机の奥に押しこんだ。

いつもつけているから、マスクには慣れた。蒸し暑くて息が苦しい時もあるけど、毎日のこととなると、前からこんなふうにマスクをつけていたような気さえする。ただ、顔がわからないのは厄介《やっかい》だ。「目だけだと誰でも美人でかっこいいよね」と、お母さんが言っていたけど、そのとおり。みんな同じような整った顔に見える。マスクのせいで、うすぼんやりとしか顔が認識できないし、前から知っている友達の顔もどこかぴんと来ない。

手紙のことで頭がいっぱいで授業内容はいまいち頭に入ってこなかった。しんとした教室

で時々先生がマスク越しにささやくだけなのだから、しかたない。黒板にぎっしり書かれた文字を写したり、タブレットで解答したり、最低限の物音しかたたない教室で行われる授業は学校というより、どこか機械的で学習塾みたいだ。

手紙をくれている子はどんなふうに授業を受けているのだろうか。私みたいに余計なことを考えて上の空だろうか。それともまじめで賢いのだろうか。いったいどんな子なのだろう。それを想像するだけで楽しかった。

次の登校日もちゃんと机の奥に小さな紙切れがあった。手紙が先生に見つからないでいてくれたことにほっとして、わくわくしながら開く。

わかるわかるわかるわかる!! 近づくのも話すのも禁止で新しい友達、どうやって作ればいいんだって感じ

「本当！ そうだよそう！」私は思わず出そうになった声をのみこんだ。去年までは友達が大事って、仲間を作ろうって、先生たちはことあるごとに言っていたのに、いまや、話しちゃだめで、近づくことさえできない。友達は増えるどころか減りそうだ。

本当。誰でもいいから話したい。黒板写しに学校来てるだけで楽しくないもん

私はそう返事を書き、大事に折りたたんで机の奥に忍ばせた。

週に二日だけほんの少し言葉を交わすことができる。十秒ほどで済む会話が、時を待たないと進まない。それでも、手紙を通して話ができることが楽しくてたまらなかった。

それから、私たちは、何度も何度も手紙をやり取りした。

先生の話をノートに書いて、ドリルをやるだけのつまらない授業。椅子に座ってるだけでトイレに行くことしかできない窮屈な休み時間。教室を出るたびに消毒をしがさがさになった手。学校に行ったって楽しいことは起こらない。けれど、友達と下駄箱で小さく手を振りあうだけで心が落ち着いて、名前も知らない相手との手紙のやり取りが何より心を弾ませてくれた。


学校の授業もたいくつなのにさ、オンラインのじゅくまでさせられてて最低なんだよなー

ある時は、そう書かれた手紙に、私は「本当だよ!」と叫びそうになった。ああ、この子は私と同じ気持ちを味わっている。飛んで行って、手を握りたくなる。

私もだよ! オンラインで何でもできるとかってお母さんに言われて、体育も英語も

やってる。ついにはヴァイオリンまで

私がそう返事を書くと、次の手紙には、

ヴァイオリンってすごすぎ。みんな勉強ばっかしてるから感染症終わったら、世の中天才ばかりになるかも

と書かれていた。

手紙を書いてくれている子は、おもしろくて楽しい子にちがいない。朝、手紙を読んで返事を書く。授業が始まる前のこの時間が、学校で、いや、私のすべての中で一番好きな時間だ。

私たちの手紙は、見つかることなく、一度も欠かすことなく続いた。少しずつ言葉数も増えている。それが二人の仲が深まっていることを示しているようでうれしかった。

ニュースでは感染症なくなるのに3年くらいかかるって言ってたけど、待てないよね。終わる日がはっきりわからないのってやってられないよ

そうそう。永遠に続くマラソンみたい。うちの近所の公園なんか遊具に立ち入り禁止

のテープはってる。外で遊ぶなんていつできるのかって絶望〜
外で遊ぶどころか、私は一人っ子だし、お父さん単身ふにんでお母さんと二人だし、ほんとやることないよ。習い事ばっか。家に閉じこめられてる気分だよ
一人っ子うらやましい。うちは兄ちゃんいるからけんかばかりしてる。それで叱られてばっか。兄ちゃん中三で受験だとかでいばってて、まじでさいあく

手紙のやり取りが重なるにつれて、少しずつ相手のことがわかっていく。お兄ちゃんがいるんだ。私と同じで外で遊ぶのが好きな子なんだろうな。一緒に運動場で遊べたらどんなに楽しいだろう。

「心晴、本当に学校楽しそうね」

迎えに来てくれた車の中で、お母さんが言った。

「うん。短い時間でも友達がいるとね」

「あんまり、しゃべっちゃやだめだよ」

「わかってるよ」

手紙のことはお母さんにも言っていない。手紙のやり取りで感染症になるわけないけど、あれこれ禁止されている今じゃ、何を止められるかわかったものじゃない。

「新しい友達できた?」

　今「しゃべっちゃだめだよ」と言ったくせに何を言っているのだろうと、私は運転席のお母さんを見た。しゃべらないで、友達ができると思っているのだろうか。いや、できるか。手紙のやり取りをしているあの子は、これだけいろんなことを話しているのだから、友達と呼んでもいいはずだ。

「うん、まあね」

「そうなんだ。いいね。どんな子?」

　どうやって友達になったかは気にならないようで、お母さんはそう聞いた。

「話が合うっていうか。楽しい子」

「最高じゃない」

「うん、最高だね」

「なんて名前?」

「名前は……聞いてない」

「え?」

　お母さんは運転をしながら、ミラー越しに私の顔を見た。

「まだ聞いてないんだ。長い時間しゃべるのとか禁止だし、ちょこちょこって話すだけで」

「ああ、そっか。そうだよね。いろいろ難しいね」

　お母さんは勝手に納得して深く相槌を打った。

お母さんに聞かれたからか、私は手紙相手の名前を知りたいと思った。心の中で勝手に手紙ちゃんと呼んでいるけど、名前を聞きたい。名前なんてなんだっていいけど、わかったほうが近づけた感じがするし、心の中でだって呼びやすい。これだけやり取りをして、先生にも見つかっていないのだ。名前を書いてももう大丈夫じゃないだろうか。

私は、次の手紙に、

　ねえ。そろそろ名前教えてもらってもいいかな？　1、2年同じクラスだったりして

と書いた。自分が先に名乗ろうかと思ったけど、もし名前を教え合うのはやめようと言われたら困るから、相手の返事を待つことにした。

三日後の手紙には、

　いいなって思ったけど、会える日まで誰か秘密にしておくってどうだろ？　全員登校がＯＫになった最初の日の朝、校門のチューリップ花だん前で待ち合わせしよう！

と書かれていた。

私は手紙を読んですぐに「最高！」と手をたたきたくなった。

手紙ちゃん、やっぱり最高に楽しい人だ。こんなわくわくすることを作れるなんて。

いいね！　すごい楽しみ。全員登校が、来年度とかにならないといいな。というか、早く全員登校になってほしぃ！　明日でもいいくらぃ！

私はどきどきして震えそうな指ですぐさま返事を書いた。手紙だけが楽しみだったのが、もっと大きな楽しみができたのだ。

次からの私たちの手紙は、ほとんど会える日についてのことばかりになった。

いっせい登校、３学期くらいにはできるといいな。でもさ、クラス替えがあっても、何年生になっても、最初の全員登校の日に花だん前で待ってる！

うん。約束しよう！　早く会いたぃ！　どんな子なのか早く見たぃ！　実は私は勝手に手紙ちゃんって呼んでるんだけどね

手紙ちゃん。そのまんまの名前（笑）全校登校が5年や6年になっても忘れないようにしよう

もちろん！　忘れるわけないぃ!!　どんな大雨の日でも風の日でも、チューリップ花だ

んで待ってる！

私たちは何度もそうやって約束をしあった。
私にとって、小さいメモでのやり取りが、唯一の会話で、学校生活のすべてだった。そして、いつか手紙の相手と会える。その約束だけが待ち遠しい明日を与えてくれるものだった。

第二章

「あ、江崎さん」

　二回目の面接会場の控え室で呼びかけられて顔を上げると、こないだの一年で辞めます宣言をした女がいた。

「受かったんだ」

　私が思わずぼそりと言うと、

「そうそう。変な宣言しちゃったし、やばいかなと思ったけどよかった」

と女はにこりと笑って、「隣いいかな?」と私の横に座った。

「江崎さん、たぶん同じ年だよね」

　前回、面接の最初に自己紹介をしたから、私の名前や年を覚えているのだろう。私は彼女が「一年で辞めます」と言ったことしか覚えていない。せめて名前だけでも思い出さないと

と焦っていると、

「あ、わたしは岸間って言います。なんかぴんと来ない覚えにくい名前だよね」

と彼女は笑った。悩みなんかなさそうな朗らかな笑顔。苦労知らずってこういう人を言うのだろう。

「面接、新卒の人や三十代くらいの人もいる中で、同じ年だから勝手に江崎さんに親近感覚えちゃった。あと、どこかで見たことある名前だなと思って。結局どこで知った名前かは思い出せなかったんだけど、会ったことないよね？」

ぴんと来ない名前の岸間さんに言われて、私の名前をどこかで見た気がするのは、有名なお菓子会社と同じ名前だからだろうと答えた。私は岸間さんの名前など一度も聞いたことがないし、顔にも覚えがない。

「そっか。気のせいかな。もしかして、面接前に話しかけられるの迷惑？」

「そんなことないよ」

岸間さんの質問に私は首を横に振った。

あまり外に出てこなかった私にとって、面接は相当身構える。面と向かった人付き合いは得意ではないけど、こうやって話しかけてもらえると、緊張感は弱まってくれる。

「江崎さん、二十三歳だよね？」

「そう。大学出て一年ぼうっとしてたから……。岸間さんも新卒じゃないんだね。えっと、何かしてたの？」

私は自分のことを聞かれるのを避けるために、すぐさま岸間さんに質問を返した。

「わたしは大学を出た後、ついこないだまでは介護施設で働いてたんだ」

「こないだまで?」

ということは、面接で宣言していたように、以前の職場でも一年だけ働いたということだろうか。

「前も一年で辞めるって言ってたんだけど、後任が見つかるまでって少し延びたんだ」

「はあ……」

大学卒業後、家でだらだらしていた私も私だけど、小学校で働くとか理由を付けて、一年で仕事を変える岸間さんもどこかおかしい。いったいどんな人なのだろう。

私はそっと岸間さんの横顔を見た。切れ長な目に薄い唇。小さくこぢんまりして地味な顔立ちではあるけれど、凛とした表情をしている。こういうまじめそうな人って得だよな。一年で仕事を変えるなんて、私なんかが言ったら軽薄だと思われそうなのに、真剣で意志が強そうに見えるのだから。

「そんなに仕事いろいろしたいなら、アルバイトとかでいいんじゃないの?」

私が聞くと、

「そうだよね。でも、大学の四年間でアルバイトは掛け持ちもして十個ちかくしたんだ。それで、バイトじゃわからないことも多いな、社員じゃないと経験できないことがあるなと思って」

「へえ……」

「それにしてもさ、今回、第三面接まであるなんて慎重すぎだよね」

岸間さんは、ため息をつきながら言った。

「半官半民みたいなものだからかな」

観光センターは市と旅行会社が共同で経営するらしい。そのせいか、筆記試験もしたのに、面接は前回と今日。それに、あともう一回ある。

「ディスタンス世代だから、わけわからないやつが多いって思われてそうだよね。勝手に名付けられて参るよね」

岸間さんが眉根を寄せた。

「ああ、人と接するのが苦手だとか協調性がないって言われ続けてるもんね」

私も同意する。

「介護職してた時なんか、あんたマスク世代だから、鼻が上向いてるんだねっておばあさんに言われたよ。こんなの、生まれつきなのに」

地味な顔の中でちょっと上向きの鼻は、意志の強さを表しているようで岸間さんによく合っている。

「かわいいのに」

私が正直に言うと、岸間さんは、

「ありがとう。わたし、容姿で褒められることなんかめったにないよ。江崎さんはすごく美人だよね」

と返してくれた。

「どうだろう。そうかな」

確かに私は顔を褒められることは多い。そして、私は見た目しか褒められたことはない。優しいとかまじめだとか内面のことを言われたことは一度もないのだ。それが、誰ともちゃんと付き合ってこなかったことを証明しているように思えてしまう。

この日は個人面接で、趣味だの特技だのこれからやりたいことだの、差しさわりのないことを聞かれた。趣味も特技もやりたいこともない私は、よくありそうな答えを引っ張り出して無難に答えた。個性もおもしろみもないと思われそうだと危惧《きぐ》したけど、面接官はにこやかにうなずいていた。ディスタンス世代の風変わりなやつと思われなかっただけいいのかもしれない。

面接を終え控え室に戻ると、私の鞄の横に付箋が貼ってあった。

二回目の面接お疲れ様です。面接って待ち時間も含めると半日仕事で、長いし疲れるよね。江崎さんの面接うまくいってるといいな。また三回目で会えますように。お先に失礼します
岸間

付箋にはそう書かれていた。私より先に面接を終えた岸間さんが帰る時に、書いておいて

くれたのだろう。他人との距離感が近い人だ。今回の面接でも、一年で辞めるということを高らかに話していたのだろうか。そんなことを考えながら付箋をくしゃっと手に握ってから、私は丁寧に広げなおした。なんてことのないメッセージだし、ただの付箋だ。だけど、私に送ってくれた言葉だ。私は付箋を小さく折りたたむと、筆箱の中にそっとしまった。


暖かいというより生ぬるい風が外から流れこんでくる。体にまとわりつくような空気。部屋に入ってきたお母さんが窓を開けたようだ。

「今日、中学の入学式でしょう。ほら、早く用意しないと」

毎日登校をしている子どもに言うような口ぶりでお母さんは言った。

「行かないよ。そんなの」

行くわけがない。私は小学校四年生からずっと学校に行っていないのだ。

「またそんなこと言って。中学生だし、心機一転気分が変わっていいかもよ。ほら、天気もいいしさ。制服もこれ、すごくすてきじゃない。心晴に似合いそう」

お母さんはハンガーにかかった制服をひらひらと揺らして見せた。

私が通っているのは、私立の小中一貫教育の学校だ。制服と校舎は変わるけど、同じ場所にありメンバーも同じ。学校生活は変わり映えしないにちがいない。いや、変わり映えするかどうかわかるほど、学校に行ってないか。

「そうやって、中学生になっても寝てるつもりか」

部屋の前を通り過ぎざま父親が言った。でも、立ち止まって私を見ようともしない。しょせん、そういうものだ。あんたが糖尿のせいで、こうなったんだけどな。私は心の中で毒づいた。

「心晴、今日って良い機会だと思う。新しいスタートだよ。無理する必要はないけど、一歩外に出てみるのってどうかな」

お母さんが柔らかい声で言う。

「無理する必要ないんだよね。じゃあ、しない」

私はそう言って、布団を頭までかぶった。


私が小学三年生の三学期、そのころ流行していた感染症のワクチン接種が実施され、ほんの少し生活が緩和された。マスクを外すことや大勢の集まりは禁止だったけど、少しずつ外に出て普通の生活を送りましょう、というような提言がされはじめた。私の通う学校はほかの学校より慎重で、三年生までは分散登校のままで、四年生の四月から、午前のみ一斉登校を実施することとなった。

一斉登校の連絡は三年生の春休みの最終日に、お母さんのパソコンに届いた。お母さんに見せてもらってメールを読んだ私は、本当に飛び上がった。うれしい時って勝手に体が動くようだ。

「ああ、よかった。やっとだね！」

私が歓声を上げるのに、

「でも、どうかな」

とお母さんは低い声を出した。

「どうかなって？」

「今だって感染者が大きく減ってるわけじゃないし、重症化してる人もいるし」

ニュースでは変わらず感染症のことを伝えてはいる。けれど、このままじゃだめだとも言っている。マスクをして距離をとれば大丈夫なはずだし、医療体制もずいぶん改善されている。

「体育や音楽は無理かもだけど、みんなで学校に行けるんだよ」

お母さんが喜ばないことが、私には不思議だった。学校がようやく本格的に始まるのだ。喜び以外の感情が生まれるなんてありえない。

「だけど、ほら、最後の行、読んで」

お母さんが指差したメールの文章に目を向ける。

「学校を休まれても欠席扱いにはなりません。授業はオンラインで受けられるようになっています。不安な方は無理をせず自宅学習をしてください」

そこにはそう書かれている。

「私、不安じゃないよ。今までだって週二回だけど、学校行ってたし」

「それは分散登校で人数も少なかったし、隣や前後の席には誰もいなかったでしょう。一斉登校となると、かなり密になると思う。それに、子どもたちってどうしてもしゃべったりくっつきたがったりするし」

渋い顔のお母さんに、私はきっぱりと言った。

「行くよ。私」

もし、感染症にかかる危険があったとしても、明日は絶対に学校に行かなくてはいけない。何よりも大事な約束があるのだ。

ずっと手紙をやり取りしていた子と、最初の一斉登校の日に、チューリップ花壇の前で待ち合わせをしている。三年生の時にはかなわなかったその約束が、やっと現実になるのだ。

　うちの学校、けっこうねばるよな。なかなか一斉登校にならないなんて。近所の学校、毎日みんな行ってるのに

　手紙ちゃんのとこもそうなんだ。うちの周りの学校もそうだよ。気が遠くなる～。このまま大人になってしまいそうだよ

　小学生のうちには会えるはず。もし、中学生になってからでも、小学校の花だんには入れるし、何とかなるはず！

そっか。小中一貫の学校に通っててよかったって初めて思ったよ！　中学生になったって、絶対に花だんに行くね

なかなか始まらない一斉登校に、不安になったり途方に暮れそうになったりしながらも、お互い手紙を欠かしたことは一度もなかった。

三年生の私が楽しい気持ちでいられたのは、あの手紙があったからだ。

「しばらく様子見ようか」

お母さんはつぶやいた。

「しばらくって？」

「最初の一、二週間は休む人も多いんじゃないかな」

「最初が大事だよ。私は絶対に行く。分散登校でも行けてたじゃない」

「けど、ほら、お父さん帰ってきてるでしょう？」

「だから？」

単身赴任で大阪に行っていた父親は、この四月から家から通える場所にある支社に異動になり、春休み中に戻ってきた。それは喜ばしいことだけど、学校に行けないとなると話は別だ。

「お父さん、インスリン打ってるじゃない。糖尿で。感染症にかかった場合、重症化するリ

スクが高いから、家族も注意しなくちゃだめでしょう」

「お父さんは会社行ってるじゃない？」

「そりゃ、会社は休めないもの。それでも、できるだけ在宅勤務してるでしょう」

「学校だって休めないよ。明日だけはどうしても行かせてよ」

私は譲らなかった。ようやく手紙の相手と会えるのだ。明日学校に行かないなんていう選択肢はない。

「初日だけに怖いのよね。みんな浮かれてるだろうし、学校側の対策にもまだ不備がありそうで」

「大丈夫だよ。マスクしっかりして、誰ともしゃべらない」

「心晴だけが気をつけてても、どうにもならないのが感染症の怖いところだよ。別にずっと行っちゃだめって言ってるんじゃないよ。少し様子見て、本当に大丈夫そうだったら、すぐに行かせてあげる」

お母さんは「ね」と私の頭を撫でた。

行かせてあげる？　学校に行くのに恩に着せられなきゃいけないの？　学校って、私たちが当然行くべき場所じゃないの？　こういうのを理不尽っていうんだ。私は怒りやら悲しみやらが一気にこみあげてきた。今日までずっと我慢してきた。つまらないヴァイオリンや体操のオンライン授業も、人のいない公園すら行っちゃだめだという慎重すぎるお母さんにも、ずっと耐えてきた。それは私なりの出口が見えていたからだ。手紙の相手に会えるという希望があったから、耐えられたのだ。その出口を塞《ふさ》がれるなんて受け入れられない。

「いやだよ。行きたい。絶対に行く」

私は駄々《だだ》っ子《こ》のように叫んだ。

「今までだって家で勉強できてたじゃない。少しの間だけでしょう」

「明日は行かなきゃ。行きたいの」

「どうして我慢できないの」

「一年近く我慢してたんだよ。それが一斉登校の日に行けないなんてありえないよ」

私は目に涙が浮かんで声が大きくなった。お母さんは興奮している私を黙らせたいのか、

「お父さんが死んだらどうするの？」

と冷ややかな声で言った。

「へ？」

「心晴が学校に行って感染症にかかってそれがお父さんにうつって死んだら、心晴どうするの？」

この人はなんていう脅しを使っているのだろう。けれど、まだ小学四年生の私にとって「死ぬ」という言葉はとても怖くて重かった。

私は、

「だけど……」

と力なく言うしかなかった。

「お父さんを死なせたくなければ、できる予防は最大限にする。それしかないのよ」

お母さんはねじ伏せるように言うと、「さ、この話は終わり」と強引に片付けた。

翌日、四月四日月曜日。お母さんはいつものように朝ごはんを用意していたけど、私の制服やらバスや電車の定期券やらをどこかにしまいこんでいた。この人は本気で学校に行かせない気なのだ。その徹底ぶりにぞっとした。

お父さんが感染症になったら困るのはわかる。重症化している人々の様子はたまにニュースで見て、その怖さも知っている。だけど、私のたった一つの約束を、今まで支えてきたものを取り上げるなんて。

「先生に連絡しておいたよ。二週間ほどはオンラインでお願いしますって」

にこやかに言うお母さんに寒気さえした。

昨日の夜、私はお父さんとお母さんに再度訴えた。どうしたって行きたい。明日登校することが私のすべてだと。けれど、どれだけ泣いても叫んでも許されなかった。父親が感染症にかかる恐ろしさを懇々《こんこん》と諭《さと》されただけだった。

「あっそう」

私は乾いた声しか出なかった。

手紙の子は朝一番にチューリップ花壇の前で待っているだろう。今まで文章でしかやり取りしていなかったから、顔を見るのは少し照れ臭いだろうな。それでも、会って話したいことが、私にも、きっとその子にもいっぱいある。

「やっと会えたね」

何よりもそう言いあいたかった。

閉ざされた重苦しい毎日の中で、この日を待つことだけが光だった。大人からしたら、ちっぽけなことだろう。だけど、私には大事な大事なものだった。それを奪われたのだ。すべてがしぼんでしまったように、空っぽになった。


この日学校に行かなかった私は、オンライン授業も受けなかった。手紙の子に顔を見せる勇気がなかった。約束を破ったことを、怒っているだろうか。悲しんでいるだろうか。どちらにしても、がっかりしているのは間違いない。合わせる顔などなかった。

その日以来、私はオンライン授業も受けず、英語や体操やヴァイオリンなどの母親が用意したネットの授業も受けなくなった。何かが抜け落ちたように、やる気がなくなったのだ。何もしたくない。先のことを考えるのは面倒なだけ。そう思ってしまう自分に、あの約束が持つ大きさを改めて思い知らされた。


四年生が始まって一ヶ月後。学校は特に感染者も出さず動きだしていた。子どもたちはめったに感染しないとニュースで言われはじめ、オンライン授業を受ける生徒も少なくなった。お母さんは、その時になって私を学校に行かせようとした。だけど、私はかたくなに首を横に振った。「今さら学校なんて行かない」そう言って譲らなかった。あんなに行きたかったたはずの学校は、もう何の魅力もない場所になっていた。
最初の二ヶ月ほど、お母さんは必死で私を学校に連れ出そうとした。あの日、学校に行こうとした私を阻止したのと同じくらいの勢いで、「保健室登校はどう？」「受けたい授業だけ行けばいいんじゃない？」とあらゆる提案をしてきた。けれど、どれも私の中に入ってこなかった。どうしても、あの約束が守れなかった自分を、守らせてくれなかった両親を許せなかった。

さすがに根負けしたのか、お母さんも四年生の一学期が終わるころには学校に行かせようという気力も薄れ、「その代わり勉強だけはちゃんとしてね」と参考書を大量に私に買いあたえた。

私も、ほかの子がやっていることを何もせずにいるのは怖かったから、当該学年の参考書や問題集は全教科もれなくやった。そして、問題集を解いてみて、自分がそこそこできることがわかった。参考書の簡易な説明で十分理解できたし、その後解いた問題はほぼ間違うことはなかった。授業の進度に合わせなくていいから、学校に行っているより多くの問題をこなせる。なんだ。勉強なんてこんなもんなんだ。そう思った。

学校から配布されたままのタブレットは、勉強には使わず、ほとんどSNSに使った。同じように不登校の子たちとチャットしたり、少し年上の人たちとメッセージを送り合ったりした。感染症防止の時の休校のまま学校に行けなくなった子は多く、いくらでも話し相手はいた。

ＳＮＳは便利だ。誰とでもつながれる。あの日々、机の中の手紙を探っていたように、気の合いそうな子を見つけては言葉を送り、すぐに返事をもらった。手紙とは違って、わくわくもどきどきもないけれど、今の私にはそれでもよかった。

感染症のおかげだろうか、私の長期欠席もたいして問題視されていないようで、先生からは週に一度様子伺いの電話があるだけで、学校に来るようにと強く言われることはなかった。参考書で勉強はそれなりにやっている。友達もＳＮＳ上にいる。誰も引っ張り出しはしない。そうなれば、学校に行く必要はなかった。そんな日々が積み重なる中で、友達と遊びたい、友達に会いたい、そんな思いも、なくなっていた。


そのまま中学生になった私は、家で過ごすことにすっかり慣れていた。学校に行かなくなってもう三年以上。これが私の日常だ。といっても、完全に引きこもっているわけではなく、ごはんはダイニングで食べたし、ごくたまに本屋やコンビニにも行く。だから、さほど自分を不健康に感じることもなかった。

中学校が始まったのは、いいチャンスだと母親は思ったらしかったが、私には新しく何かが始まるという気持ちはどこにもなかった。学年が変わろうが、中学生になろうが同じ。この先、変わるきっかけなど何一つない気がする。何が起こったって、私の気持ちは動かない。小学四年生の四月。約束の場所に行けなかったことで、私の生活は止まっていた。

中学一年生の秋になって、初めて合唱祭が行われることになった。

小学生のころのわたしなら、ついにみんなで歌うことができると喜んだだろう。だけど今のわたしは、行事の実施が確定するたびに気が重くなった。クラスのみんなで何かをする。それがしんどいのだ。みんなが団結している時、孤独やむなしさは強くなる。わたしは何をしているのだろう、どうしてこうなったのだろうと思わずにいられなくなる。それに、行事前は練習だなんだと、生徒だけで自由に活動する時間が増える。そうなれば汚い言葉が聞こえてくる機会も増す。一人ずつ座って受ける授業のほうがずっと楽だ。また感染症が流行ればいいとはまさか思わないけれど、行事が中止にならないかと願いそうにはなる。

わたしたちが小学三年生のころから流行した感染症は、完全になくなってはいないけど、薬やワクチンができ、少しずつ元の生活を取り戻せるようになってきた。

わたしが通っていた小学校では、五年生から音楽や体育の授業も再開され、遠足や授業参観も縮小したものではあったけど、行われた。六年生の時には、四年ぶりに午前中だけの運動会が行われ、在校生抜きで簡単な卒業式も実施された。

学校だけでなく、世の中も、いつまでも感染症対策をしていては経済が回らないし、なんとか今までどおりの生活に戻していこうという風潮になっていた。

そして、中学生になると、ほぼ通常の学校生活を送ることができるようになり、マスクも換気のできない場所で大人数が集まる時のみ必要で、わたしたちはマスクなしで学校に通うようになった。

やっと解放された。ようやく本来の学校生活に戻るのだ。思う存分友達と遊べるし、やりたいことがやれるとわたしは意気込んだ。中学のスタートで一気に世界が開けていくようにさえ感じた。けれど、わたしは一年生の最初で躓《つまず》いた。公立の中学校に入学したから、小学校からの友達もたくさんいるはずなのに、まるでうまくいかなかった。

「冴の家って夜のお仕事だよね」

と小学生のころから言われてはいたけど、中学に入ってからは、はっきりと「お水の娘」とからかわれるようになった。それは笹森さんがきっかけだ。

中学三年生に姉がいる笹森さんは、入学式翌日から力をみんなに見せつけるように少し着崩した制服で登校した。わたしは入学式の新入生代表のあいさつを、児童会の委員をしていたからだろうか、小学校の先生から頼まれ、行った。そのおかげで名前を覚えてもらえ、初日から何人かと話すことができ、さっそく新しい友達もできそうだった。笹森さんは、それが気に入らなかったのか、早くクラスでの地位を築きたかったのか、同じクラスにわたしを見つけると、

「ほかの小学校の人って知らないいんだっけ。冴の家ってお水なんだよね。普通なくない？

夜の仕事してる親なんて、冴のとこだけだよ。そんな子が新入生代表とかマジないよね」

と高らかに笑った。

また笹森さんだと、わたしは何も返さずにいた。小学校の時にもよく言われていたから、慣れっこになっていて流してしまった。それがいけなかった。あの時、きっぱり反論しておけば、もしくは「夜の仕事、最高だよ」と笑い飛ばしていれば、風向きは変わっていたかもしれない。わたしが黙っていたせいで、派手で声が大きい笹森さんに従っておいたほうが、学校生活が送りやすくなると瞬時に判断した生徒は多かったようだ。

「マジいやらし」

「恥ずかしいよね」

いつの間にか、クラスの女子たちがわたしのことをそんなふうにばかにするようになり、一部の男子が、

「ってことは、冴、すぐにやらせてくれたりして」

などと茶化すこともあった。

お母さんのお店は、お酒を提供しているだけで、いかがわしいことはしていない。お客さんとお酒を飲んで、おしゃべりするだけだ。そう言い返したこともあったけど、誰も取り合ってはくれなかった。

暴力を振るわれたり物を隠されたりクラス全員に無視されたり、そんなことはなかったけど、男子としゃべるだけで「さすがお水の娘」と言われたり、男子たちに「今日ブラ透けて

たな」とこそこそ笑われたりはした。

小学校の時のわたしは、友達は多かった。男子とも女子とも仲良くできていたはずだ。それなのに、中学に入ってからのわたしは、ひっそりと過ごすようになっていた。マスクもソーシャルディスタンスも必要なくなったのに、人と距離をとり、息を潜《ひそ》めている。いったいわたしは何をやっているのだろうと、自分がふがいなかった。

しばらくして、わたしは同じようにこのクラスで居心地が悪そうにしている平野《ひらの》さんと二人でいることが多くなった。

どのクラスにもなじめない人が何人かいるものだ。平野さん以外にもおとなしい子たちが、にぎやかなグループに目を付けられないように隅に集まっている。小学生の時にも、同じような光景があったはずなのに、わたしは気にもせず楽しんでいた。そんな自分を思い出すと、一人になったからと近づいていくのはどこか虫がいいようで落ち着かなかったけど、平野さんはすんなりと友達になってくれた。

平野さんは優しい子で、時折、「親の仕事なんてなんでもいいのにね」とか、「みんなでたらめ言うのがおもしろいだけだから気にすることないよ」とかと、遠慮がちに励ましてくれた。

感染症が流行していたころは、不自由はいっぱいあったけど、みんながおそるおそる様子を見ながら付き合っていた分、誰かが嫌な目に遭うことも少なかった気がする。それが一気に弾けて、みんなはたいして悪気もなくからかうことを楽しんでいるだけだ。わたしを貶《おとし》めることで一つになれる感覚に酔っている。誰かの悪口を言い合うことは手っ取り早く仲間になれる方法なのだから。わたしはそう割り切って反論もせず毎日を過ごしていた。

ただ、どれだけみんなに嫌な目を向けられても、お母さんがほかの仕事だったらよかったのにと思うことは、一度もなかった。

「お母さんは仕事、つらくないの?」

小学六年生のころ、日曜日の午前中お母さんとだらだら布団に寝っころがりながらそう聞いたことがある。ついこの間まで「ママ」と呼んでいたわたしも、六年生になり、さすがに「お母さん」と呼ぶようになった。

感染症が落ち着いてきた五年生の終わりごろから、お母さんは夜の仕事に戻った。家で仕事をしていた時とは違い、やはりバタバタと忙しそうだった。

「全然。飲んでしゃべってるだけだもんね」

「でも、夜遅いじゃん」

お母さんの帰りは夜中の二時前だ。

「だけど、六時出勤だから、学校から帰った冴におかえりって言えるでしょ。そして、夜中に仕事終わるから、また朝にいってらっしゃいって言える」

「そっか。そうだね」

「見送りと出迎えだけは、どうしてもしたいんだよね。だいたい学校から帰ってくる時の冴の顔が一日で一番見ものなのに、先に石崎さんに見られるとか悔しいし」

お母さんはそう言って笑った。

確かに朝と帰りは、お母さんにいてほしい。学校は好きだ。それでも少し不安を含んだ一日の始まりと、一日で一番疲れた時。そこにお母さんがいるだけでほっとする。

「それに夜の仕事だから、お金もいっぱいもらえるし」

「そうなの?」

さほど新しくもきれいでもないアパートに住んで、贅沢もしていないわたしは首をかしげた。

「冴のいざって時のためにがっつり貯めなくちゃだからね」

「お父さんがいないとたいへんだね」

お父さんがいないのはわたしだけど、一歳の時に亡くなっているから、父親の記憶もないし寂しさや苦労を感じたことはない。お父さんがいない分、働きづめのお母さんが気の毒だと思う気持ちのほうが大きかった。

「死んじゃったのはかわいそうだけどさ、でも、おかげで一人で冴を育てるんだって強い気持ちになれたたな」

「そうなの?」

お母さんはお父さんの両親の大反対にあいながらも結婚した。施設で育った親のいない女と結婚しちゃだめだと言うお父さんの親戚たちを押し切って籍を入れた。その話はもっと前に聞いたことがある。それだけ好きだったお父さんの死をけろりと語れるお母さんが不思議だった。

「そりゃ、死んだのはすごく悲しかったけど、どれだけ好きでも一緒に生活してみると、いろいろあるじゃん。特にさ、冴が生まれてからは、冴が泣いてたりすると、あのおっさん、君は親の愛情を受けてないから泣きやませ方がわからないんだねとかって言うんだよね。まあ、赤ちゃんの泣き声でいらいらするのわかるけどさ。そのおっさんがいなくなって、少し気楽に子育てできるようになった気がするし、よし、これからは私だけで育てるんだって闘志が湧いたんだよね」

「おっさんって、もしかしてお父さんのこと?」

「そうそう。記憶は美化されるっていうけど、残念ながら美化してもおっさん」

お母さんはけらけらと笑った。

「なんかお母さんと話してると、お母さんの人生ってたいへんなのかおもしろいのかわからなくなる」

「たいへんだよ。赤ちゃんの時に捨てられて狭苦しい施設で育って、それで大人になって結婚したらすぐに旦那が死んで、死んだら死んだで旦那の親戚に責められてさ。もう不幸の連続でしょう」

「うん、かわいそうだよね」

「そう悲劇なの。でもさ、人生に起こる幸せと不幸の数ってだいたい同じだって言うじゃない？　だったら、私は二十五歳までに不幸をぎっしり味わったから、もうこれからラッキーなことしかないんだよね。そう思うと、生きるのがらくちん」

「ええー。いいなー」

「でしょ」

「わたしなんかずっと幸せだから、この後不幸がたくさんあるってことでしょう」

そう言うわたしを、お母さんはぎゅっと抱きしめた。

「冴は特別だから、いいことばかりあるよ」

「そう、かな？」

小学三年生くらいまでは、「ギューして」と甘えていたけど、今は抱きしめられるのは照れ臭い。わたしは「痛い痛い」と腕から逃れた。

「愛とか幸せとかって形がないっていうけど、冴が生まれて、おお、愛と幸せの塊が目の前にあるって、愛ってちゃんと見えるんだって思ったんだ」

「本当に？」

「本当。昔は自分の親を捜したいと思うこともあったけど、冴が生まれて一気に何もいらなくなった。冴以外はどうでもいいって思えた。それってすごいよね。冴は幸せの塊なんだ」

お母さんはそう言うと、

「いや、でも、この塊でかくなりすぎたな。もう少し持ち運びに便利な幸せになってくんないかな」

と笑った。そして、

「もし冴が夜の仕事のくせにとか、お前の親変な仕事だよなとかって、周りのあほな子どもに言われて、嫌な思いするようなことがあったらすぐに教えて。ちょっとくらいなら笑い飛ばしてくれたらいいけど、悲しい思いは隠さないで」

とわたしの目を見た。

「大丈夫だけど。そうなったらどうするの？」

「転職するから」

「転職？　何に？」

わたしが尋ねると、お母さんはしばらくそうだなと考えこんでから、

「医者とか教授とか？」

と答えた。

「何それ」

「それだったら、みんなばかにしなさそうじゃん」

「っていうか、なれるの？　お母さんに？」

「なれるんじゃない？　夜の仕事できるくらいだもん」

お母さんは自信満々にそう言った。

わたしはなんだって楽しくしてしまうお母さんが、眠そうなのに「いってらっしゃい」の時だけしゃきっとした声を出し、「おかえり」の時にすごくうれしそうな顔を見せてくれる

お母さんが、大好きだった。

それに、お母さんは夜の仕事の最大の利点だと、昼間は何かしら忙しくしていた。わたしが小学四年のころから一人での留守番が平気になり石崎さんが来なくなったけど、得意じゃないくせにごちそうを作って石崎さんに届けたり、自治会の役員を務めては近所のおじいちゃんやおばあちゃんの買い物の手伝いをしたりしている。パソコンを使えるから任せてと、地域の老人会の会報もお母さんが作っている。そのおかげか、アパートの向かいに住んでいる吉川《よしかわ》のおばあちゃんや同じ町内の紀平《きひら》のおばあちゃんたちはよくお惣菜を届けてくれるし、前田《まえだ》のおじいちゃんは趣味でやっている畑の野菜を持ってきてくれる。お母さんは誰かと話すのが、こまごま動くのが根っから好きなんだと思う。

夜の仕事をばかにする子もいるけど、お母さんがこんなに朗らかなのは、今の仕事をしているからかもしれない。大好きなお母さんの仕事を否定する気はわたしにはまったくなかった。

それに、わたしはいじめに遭っているわけではない。うっすら笑われ、陰口を言われ、嫌な目を向けられているだけだ。今までのソーシャルディスタンスのせいで距離の詰め方がわからないのか、嫌がらせも様子をうかがいながらだ。誰かに相談するまでの目には遭っていない。楽しくない。どこか重苦しい。ただそれだけなのだ。

早くマスクを外して、自由に友達と話したい。待ち遠しかった生活は、それほどいいものではなかった。別にそれでいい。わたしは、このまま濁った中学生活を送るしかないのだと諦めていた。


朝、吉川のおばあちゃんが「トイレの電球が切れたんだけど」と電話をかけてきたから、スーパーに寄っておばあちゃんの家に出向いた。

「LEDにしたらいいと思うんだけど」

前もそう言ったよなと思いつつ、わたしは椅子に乗り手を伸ばして電球を差しこんだ。

「LEDだったら、十年は持つんじゃないかな」

「LだかEだか知らないけど、電球が持ったって、私があと十年も生きられるわけがないじゃないか」

吉川のおばあちゃんは曲がった腰をさすりながら言った。膝が痛い肩が痛いと年中言ってはいるけど、吉川のおばあちゃんは腰が曲がっているだけでとても元気だ。

「三年くらい前からおばあちゃんそう言ってるけど、ずっと元気なままだよね」

とわたしは笑った。

「ほら、それこそ、もうボケてる証拠だろ? 先が短いってことだよねえ」

「そう言う人ほど長生きするんだって」

わたしはそう言いながら、電球を替えたついでに、トイレを軽く掃除した。

「ありがと、ありがと。来てくれるたびに家がきれいになるわ。ほら一服してってよ」

おばあちゃんはそう言いながら、自分には緑茶を、わたしにはリンゴジュースを出してくれた。

「わたし、もう二十三歳だから、おばあちゃんと一緒の緑茶でいいのに」

毎回ジュースを用意してくれるおばあちゃんに、わたしは笑ってしまう。

「そう？　若い子、緑茶飲むの？」

「飲む飲む。でも、ありがとう。暑いから、冷たいリンゴジュースはうれしい」

わたしはそう言って、グラスに入れてくれたジュースを飲んだ。

「年行くと、暑いんだか寒いんだかわかんなくなって、年中ぬるいもの飲んじゃうのよねえ」

「吉川のおばあちゃんっていくつだっけ」

「八十七歳だよ」

吉川のおばあちゃんはわたしが小学生のころからおばあちゃんだったから、ずっとおばあちゃんのままな気がするけど、ちゃんと年を取っているのだ。

「八十七歳にしたらすごく元気だよね。最近のお年寄りは本当に元気」

「ね。年寄りばっか長生きしても、どうしようもないのにね」

励ましたつもりのわたしの言葉に、吉川のおばあちゃんは申し訳なさそうに言った。

「何言ってるの、お年寄りのパワーこそ大事よ。この町もお年寄りで持ってるようなもんだもん。お年寄りがいなくなったら、四丁目、ほぼ空き家じゃない？」

五十年ほど前に開発されたこの地域の住人は、お年寄りが圧倒的に多い。

「ここはお年寄り王国かもね」

とわたしが冗談めかすと、

「年寄り年寄りって繰り返さないでくれるかい？」

と吉川さんのおばあちゃんも笑ってくれた。

そのあと、吉川のおばあちゃんはわたしの面接の話を事細かに聞きたがり、わたしが一年で辞めると言ったからちょっと危ういかなと言うと、

「面接なんて笑ってりゃ、いいんだよ。女の子は笑顔ならＯＫなんだからさ」

と豪快に片付けた。

「最近、そういうのだめらしいよ。女の子だからとかって言うの」

「うるさい世の中よねえ。おっさんより、女の子の笑顔がかわいいのはどうしようもないじゃんね」

「男の子の笑顔も、どっちでもない子の笑顔も、誰のでもかわいいよ。もちろん吉川のおばあちゃんのもね」

わたしがからかうと、吉川のおばあちゃんお得意の、「そうそう。若い時の私、自分で言うのもなんだけどそりゃかわいくてさ」から始まる昔はモテた話が繰り広げられた。

吉川のおばあちゃんのこの話はほぼ暗記しているから、わたしは適当に相槌を打ちながら

おばあちゃんの家のごみの分別を始めた。毎回たまったごみを片付けるのとおばあちゃんの話が終わるのは、同じタイミングだ。

「ああ、そうだ。これ、持って帰って。口に合うかわかんないけど」

一とおり話を終えると、吉川のおばあちゃんは、筑前煮やら鯵《あじ》の南蛮漬けやらをタッパーに詰めて紙袋に入れてくれた。

「うわー。豆鯵の南蛮漬け大好き」

「だろう？　今の時期しか手に入らないもんね。骨まで食べられるように時間かけてじっくり揚げてあるからね」

「ありがとう。夕飯が楽しみ」

「来月辺りには、台所の電球が切れるかな」

玄関先まで見送りに来た吉川のおばあちゃんは、そう言った。

「うまいこと、一ヶ月おきに電球が切れていくんだね」

「そうそう。月に一回は掃除してもらわないとさ」

「まあ、わたしもごちそうにありつけるからいいか」

「ウィンウィンだね」

吉川のおばあちゃんが若者言葉を使うのに、わたしは吹き出した。

「そうそう。わたしたちウィンウィンの関係だね」

わたしは吉川のおばあちゃんと別れると、次は自転車で図書館に向かった。前田のおじいちゃんに、園芸の本を予約してあるから取りに行ってくれと頼まれている。

こんなこまごましたことを、お母さんは仕事の合間にやっていたんだと感心する。今は面接しかなく暇だからできるようなものだけど、仕事がある時はついつい頼みも後回しにしてしまう。

園芸の本を手にすると、前田のおじいちゃんの家まで急いだ。せっかちなおじいちゃんは、家の前で待っているにちがいない。おじいちゃんには野菜をたくさんもらえるだろうから、しばらく買い物には行かなくて済むな。おかずは吉川のおばあちゃんにもらったし、サラダにできそうな野菜だといいんだけど。と考えている自分に笑った。お母さんはこんな現金なこと思っていただろうか。

どちらにしても、お母さんのおかげでわたしは食べ物にも空虚な時間にも困っていない。おいしいごはんも楽しい人付き合いも十分すぎるほどここにはある。ありがとう。そうつぶやくと、わたしは自転車をこぐ足に力を入れた。


中学二年の三学期。家庭教師の樋口《ひぐち》は授業が終わると、

「そういや、心晴ちゃん、高校どうすんの?」

と聞いてきた。

中学になっても学校に通わなかった私は、一年生の五月から家庭教師をつけられた。

家庭教師としてやってきた樋口は、背の高い大学一年生の男だった。母親が男の家庭教師を選ぶなんて意外だったけど、樋口は名の知れた大学に現役合格していて、住んでいる場所も我が家から二駅しか離れておらず、何よりこざっぱりしていて親の受けがよさそうな男だった。

勉強なら参考書でできるし、家庭教師なんてうっとうしいと思っていたけど、樋口は寡黙《かもく》で無駄な話をせず、黙々と私の課題を採点し説明するだけで、邪魔にならない人間だった。心晴ちゃんと呼ぶくせに、それは便宜上なだけで、私にどうして学校に行かないのかと聞くこともなければ、趣味や好きなことを尋ねることも雑談すらしなかった。その樋口が、自分から私のことを聞いてきた。高校に進学するかどうかで勉強内容も変わってくるからだろうか。

「行けないと思う」

私はそう答えた。私の通う中学校は小中一貫教育だが、高校はない。どこか探さなくてはいけないのだろうけど、こんな生活を五年近くも送っているのだ。どこにも行けそうにない。

「だったら、通信制だよね」

「通信制？」

「そう。家にいながら勉強して高卒資格をもらえるやつ」

「そっか。そうなるのかな」

まだ中学二年生の私は進学をイメージしたことはないけれど、通信制高校の存在は知っている。なるほど。私はそういうところに通うようになるのかと、どこか他人事《ひとごと》のように思えた。高校は卒業しておいたほうがいい気がするし、どうせ親も高校に行かないなんてありえないと言うだろう。通信制が妥当なところだろうか。私はあいまいにうなずいた。

「学歴なんてどうでもいいけど、どうせならあったほうが、将来の選択肢は増やせるだろうからさ」

大学二年になって就職活動の準備を始めていると言う樋口の言葉は、説得力がある。私もいつかは働かないといけなくなる。まさか一生こうやって親の世話になるわけにはいかないだろう。

「いくつかパンフレット取り寄せたの、持ってきた」

樋口は高校案内のパンフレットを紙袋から出して机の上に置いた。もうすでに準備してくれていたのか。黙っていてもあれこれ考えてくれていたんだなと感心する。

「いろいろあるんだね」

「不登校も増えてるし、感染症の影響で学校行きにくくなってる子も多いみたいだもんな」

「そっか。そうだね」

私は不登校なんだと今さら思う。こうなる前の私は学校が大好きだった。チャイムが鳴ると一番に校庭に出ていくような、友達を見つければ声をかけずにいられないような小学生だった。それなのに、不登校なんだ。

「心晴ちゃん、頭いいし、大学も行くだろう」

「さあ」

今初めて高校のことを考えたくらいで、そんな先のことなどわからない。私がぼんやり首をかしげると、

「通信制の大学もいっぱいあるよ。高校よりスクーリング少ないとこあるし、気楽に行けるかもね」

と樋口は言った。

「そうなんだ」

「通信制大学のパンフレットは今度持ってくる」

「はあ」

「ネットでも、情報集められるから見てみたら」

樋口はそう言うと、「じゃあ、また来週」と鞄を手にした。

普段、樋口は説明をしていない時は黙って問題集を眺めている。心晴ちゃんと私を呼ぶけれど、そこに親しさは一切ない。同じ部屋に二人でいても、勉強以外の話をしたのはほぼ初めてだ。

「突然、高校のことなんて考えてくれたんだ」

部屋を出ていきかけた樋口に私が言うと、

「ほっといたら、心晴ちゃん、何もしようとしないだろう」

と樋口は答えた。

確かにそうだ。家にいると一日が信じられないくらい長いのに、知らないうちに時は過ぎていく。こないだ小学生だったのに、何も新しいことをせず、成長も変化もないまま、私は中学二年生を終えようとしている。

「そうだろうね」

「心晴ちゃんは頭いいし、この家お金あるじゃん。それなら教育を買うのは悪くないと思う」

樋口はそう言った。

「大学は楽しいの？」

「特には。でも、大人になった時、教育が助けてくれることは、あるんじゃないかと思う」

樋口はそう言うと、「じゃあ」と扉を閉めた。

勉強なんて一人でもできる。家庭教師なんて必要ない。そう思っていた。けれど、こうやって私の知らない情報を与えてくれること、ネットではわからない少し先の未来のことを教えてくれることもあるのか。初めて家庭教師がいてよかったと思った。

すっごい突然だけどさ、高校ってどうする？

樋口が帰った後、カナカナにメッセージを送った。カナカナは小学四年生からＳＮＳ上でずっと友達だ。ＳＮＳと言えども深入りするのは面倒で、カナカナ以外の人とは、長くても一ヶ月やり取りをすれば終わることが多い。そんな中、カナカナは最初につながった友達で、しかも同じ年で、同じ市内に住んでいてと共通点が多く、五年近く経った今も毎日のように連絡し合っている。

ハルこんばんはっす。高校かー。だるいよね。今さら、外になんて出られない気がする……

私はカナカナとのやり取りでは、ハルというネームを使っている。まだ小学四年生だったからうっかり本名に近いネームを付けてしまった。カナカナのほうもきっとそうだろう。一日中、スマホやパソコンを見ているのだろうか。カナカナはどんな時間帯でもすぐに返事をくれる。

だよね。それがさ、今日家庭教師から通信制の高校勧められたんだけどさ。そういうのならどうだろう

ああ、それならありかもね。でもさ、たまに登校日とかあるんでしょう。それやだよね。とか言っても、通信制行くの、うちらみたいなやつ多いだろうし、みんなうつむいてるか（笑）

あはは。かもね。けど、登校って、年4、5回で済むとこもあるらしいよ。それなら行

けそうかもって思ったりさ

私はメッセージを送りながら、パンフレットを開いた。通信制と言いながら、笑顔の高校生たちが楽しそうな学校生活をアピールしているパンフレットが多い。そのくせ、登校はほとんどありませんと書いているのだから、いったい何を言いたいのかわからない。

年4、5回かー。さすがにそんくらいは、外に出とかないと俳人になりそうだねー

カナカナの答えに私は吹き出して、

引きこもってて俳句詠めたらいいけど、なるのは廃人だよね?

と返した。

そっかそっか。ハル賢いー。私漢字なんて小1レベルよ。ま、勉強はいやだけどさ、親とか死んで、いつか働かないといけない日って来るもんね。だとしたら、高校くらい卒業しといたほうがいいのかな

家庭教師の話じゃ、大学も通信制のところあるんだって。入試なしで書類審査で行ける大学まであるみたいだしさ。なんでも家でできるんだね

引きこもりにはラッキーな世の中だね。それだけ進んでるなら、ついでに、あいつのノックの音聞くのうっとうしいから、食事運ぶロボットとかできないかな

カナカナは、私とは違って本格的な引きこもりで、部屋からはほぼ出ずに、食事も運んでもらっているらしい。母親とも父親とも顔を合わせたくないとよく言っている。

私は三食ともダイニングに行くし、流してはいるけど、母親や父親の話を聞いているふりはしている。「学校で行事があるみたい。心晴も行けたらいいね」とさも楽しそうに言う母親。「外で人と触れあわないと社会性が育たないぞ」と私を見もせず言う父親。毎度同じような話ができる二人に、根性あるよな、いや、諦めてるからこそ同じようなことしか話さないのかなどと思いながら、適当にうなずいている。部屋にいる時間が一番長いけど、私はお風呂にトイレにと家の中では自由に動いていて、たまに外出もする。だから、カナカナには、なんちゃって引きこもりだと言われている。

カナカナはどうしてそんなにお母さんが嫌いなわけ?

私は何かと母親の悪口を言うカナカナに聞いてみた。

だって、すっごいダサいのよ。高齢出産のばばあでさ、幼稚園のころからおばあちゃんに間違われるし。その分身ぎれいにすりゃいいのに、太り放題、服も汚いの着まわしてさ。料理もインスタントばっかで部屋も片付けないし、なんにもできないやつなの。父親にも浮気され放題でみじめなやつ。私もあいつみたいになるのかなと思うと、ぞっとするんだよね

それで引きこもる？　なんかお母さんかわいそうじゃん

引きこもるよ。将来が見えてんだよ。私、あいつに顔似てるもん。食べないようにしてるけどすぐ太るし。母親を見ると、未来の自分の悲惨な姿みたいで、嫌なんだよ

私なんてお父さんにもお母さんにもちっとも似てないよ。顔も性格も違う。カナカナも自分で思いこんでるだけで、そこまで似てないかもよ

似てるんだって、これが。顔だけじゃなく、頭もだもん。私もあいつもすげえバカ。小学1年から私テスト50点以下ばっかよ。普通小学低学年はだいたいみんな高得点だろう

に

勉強なんてどうでもいいじゃん。今は仕事もネットでできるの多いしさ。勉強以外の能力のほうが役立つかもよ

まあねー。これだけ外に出ずに何でもできるようになったのってさ、うちら小学生の時に感染症流行ったおかげじゃない。感染症って実はありがたかったね

そうだね

と打って、違う、と私は一人で首を横に振った。ネットでできることが増えたのはすばらしいことかもしれない。けれど、感染症がなく、普通に小学校生活を送れていたらどうだっただろう。私はもっと楽しい、もっと元気な、自分でも自分を好きだと思えるような人間になっていたはずだ。少なくとも、こんなふうに毎日にうんざりしながら、部屋でSNS上の友達に語りかけているだけの毎日を送っていなかったにちがいない。

そうだね……。でも、どうなんだろう。普通に学校行けてたらって、時々思うよ

確かに。あの休校期間中で学校さぼることに罪悪感がなくなったもんな。毎日行ってたら、それなりに根性出して勉強してたかも

休校が明けた後、そのまま学校に行けなくなったカナカナが言った。

何だったんだろうね。あの日々って。私たちにどう作用したんだろう

お、なんか詩人じゃん。さすがハル

やめてよ、詩人とか。死人じゃないだけいいけど（笑）

そのあとは、二人でアニメの話や気になる動画の話などをした。それで十分楽しかった。家のことや進学のこと。実際に中学校の教室で友達を前にして、これほど本音で語っていられただろうか。もっと周りや相手を気にして、言葉を選んでいたかもしれない。

これでよかったのだ。今の生活も悪くない。そう思おうとしても、小学四年生の四月、学校に行けなかった日のことは、未だに私の頭の中にどんよりと、それでいて一切薄れることなくはっきりと残っていた。

中学三年生で、初めて清塚君と同じクラスになった。中学一年二年は違うクラスだったから、いつからかわからないけれど、彼の苗字は本居《もとい》に変わっていた。

小学校三年生の二学期、一斉登校が再開されてから、清塚君はわたしを見つけると、「冴ちゃんおはよう」とあいさつをしてくれた。

四年以降はクラスが違い、時折出会う程度になってしまったけど、見かけると必ず手を振ってくれた。中学に入ってから、清塚君は家のお店を手伝っているという噂だった。そのせいなのか、ほとんど学校には来ていないようで今まで会うことすらなかった。


三年生最初の始業式後の教室で、わたしを見つけると清塚君は、

「うわ、冴ちゃんと一緒じゃん」

とうれしそうに席の前まで来てくれた。

「あ、うん」

わたしはあいまいにうなずいた。

清塚君は小学生のころと違って、今のわたしが、みんなから浮いていることを知っているだろうか。水商売の娘、嫌らしい女と、こそこそと陰口を叩かれ、疎《うと》ましく思われている

ことを。知られたくないな。あの日、一緒にチョコレートを食べたことを思い出すと、今の自分がみじめで消えてしまいたくなる。

「名前、変わったんだね」

わたしは自分のことを聞かれる前に、清塚君に話しかけた。

「そうそう。実は二度目。清塚から中田《なかた》になって本居になった。どうせ、また変わるだろうから、冴ちゃんも俺のこと下の名前で呼んでよ」

親し気にしゃべる清塚君は昔のままで、それでいて、ずいぶんと成長していた。中学三年生になり、なんでもできるのだろう。よれよれのTシャツでもなく、破れかけたズボンでもないきれいな制服を着ている。髪も適当なカットではあるけど、さっぱりして似合っている。背はすらっと高く、鋭い目にすっと通った鼻筋はかっこいいというより美しい男の子だった。

クラスのみんなはそれぞれに清塚君のことを小声で話している。女の子たちは「かっこいい」だとか「いい感じじゃん」だとか盛り上がっているし、男の子たちは初めて見る清塚君を、「見たことないけどどういうやつ?」「店で働いてるとか聞いたことあるけどさ」と観察している。

「えっと……」

そういえば下の名前って何だったっけ。わたしが言葉に詰まっていると、

「蒼葉だよ。草冠に倉の蒼に葉っぱの葉ね。下の名前はいくら母親がだらしなくても、そうそう変更されないだろうし。蒼葉って呼んでくれたら。呼び捨てで」

と清塚君は笑った。

「蒼葉。いい名前だね」

本当にいい名前だ。清塚君にとても似合っている。どうしてこんなすてきな名前を付けた子どもを、親は大事にしないのだろう。

「ありがとう。冴って名前もいかしてるけどな」

「そうかな。えっと……学校、ずっと休んでたんだね」

「そうそう。夜に店の手伝いしてたら、どうしたって眠くてさ。朝起きれずにそのまま欠席。やばいよな。去年も一昨年も始業式とあと三日くらいしか登校してない」

清塚君は周りが聞き耳を立てていることを気にもせず、自分のことを語った。

「店?」

「俺の家、昔からお袋と親父で飲み屋みたいなスナックみたいな夜の店、やってるの。小さくてぼろいやつ。親父って言っても、父親は時々変わるけどさ。その店を、夜手伝って、その代わり昼間家で寝てんだよね。店ももうつぶれかけだけどな」

「そうだったんだ……」

中学生って夜働いてもいいのだろうか。昼間学校に行けない生活を送らせていいのだろうか。教育の義務とか権利ってあるんじゃなかったっけ。そう思ったけれど、そんな正論、通じる家庭ばかりではない。子どもには自分ではどうしようもない現実があるのだ。親を選べないように、自分の生活も選べない。小学三年生の時の清塚君の姿が頭に浮かんで、「当たり前に食事をとれない子どもがいるなんて何とかしなきゃ」と、あの時感じた気持ちがよみがえった。いや、わたしに何かできるわけないか。水商売の娘だと言われ、それを聞き流して甘んじている今のわたしにできることなどあるわけがない。

「子どもでいる最後の一年が冴ちゃんと一緒でよかった。とりあえずよろしく」

蒼葉は先生が入ってくると、そう言って自分の席に戻っていった。

子どもでいる最後?

それは、中学生活最後の一年ということだろうか。おかしな言い回しだと思いながらも、わたしも教壇のほうを向いて座りなおした。

蒼葉は学校自体には興味がないようで、わたしと話した後は、誰と接触するでもなく、その日は先生からの連絡が終わると「眠くて死にそうだから」とさっさと帰っていった。

「やっぱりねー。私絶対男前になるって思ってたんだ」

お菓子を食べながら蒼葉の話をすると、お母さんはそう言った。

「絶対ってすごいね」

「小学生の時からきれいな顔だったもん。貧乏でだらしない親の元に生まれた分、せめて顔だけでもって、神様がとびきり美しくしてくれたんだよ」

お母さんは失礼なことをしみじみと言った。

「何よそれ」

「あの顔があればさ、困難なことでもだいたいなんとかできるんじゃないかな」

「そうなの？　じゃあわたしは？」

わたしがふざけてそう聞くと、

「そうね……えっとね……。答えは、明日メールする」

とお母さんは笑った。

「どういうことよ」

わたしも笑う。

「冴は私には世界一かわいく見えるけど、たぶん顔は普通だな。でも、絶対みんなに愛されるから大丈夫」

「どこがよ」

お母さんは今のわたしの学校での立場を知っているのだろうか。愛されるどころか、みんなにばかにされている。

「今はわからないだろうけど、大きくなれば気づくよ。私ってこんなに愛されているんだって」

「そうかなあ」

「そうだよ。少なくとも私は冴のこと驚異的に大好きだもんね」

お母さんは照れもせず堂々とそういうことを言う。

わたしも小学生くらいまでは「ママ大好き」「ママずっと一緒にいて」と平気で言ってい

たし、時々「ママは世界一」「最高のママだよ。ありがとう」と手紙を渡しもしていた。でも、今は恥ずかしくてそんなこと口にはできない。だけど、ずっと気持ちは変わらない。思春期だから、イラッとすることもある。それでも、お母さんは最大の味方だと何の疑いも持たずに思える。それは、両親がそろっているより、親戚がたくさんいるより幸せなことだ。

蒼葉にわたしの現状を知られるのはいやだな、と思っていたけれど、そんな心配は無用で、家の手伝いが忙しいのか、蒼葉は始業式以来学校に来なかった。

わたしは三年生でも平野さんと同じクラスで、二人で行動していた。三年間同じクラス。先生がわたしは平野さんとしか打ち解けられないと思って、くっつけてくれているのだろう。平野さんは穏やかで優しい子ではあったけど、わたしがよくわからないアニメのシリーズが好きで、いつもそのアニメについてマイペースに話した。わたしもなんとか相槌は打つけど、話は盛り上がらない。それなら一人で好きな本を読むほうが楽しい。けれど、クラスメートの前で、一人でいるのはつらい。平野さんもそう思っているはずだ。一人でいるところを他人に見られたくない。それにやっぱり一人は不安で寂しい。ただそれだけの思いで、趣味も話も合わないわたしたちは一緒にいた。

わたしがいる三年三組は派手な生徒が数名いて、その分他はおとなしいまじめな生徒で固められたクラスだった。だけど、その数名がクラスの雰囲気を作ってしまう。一部の生徒が勝手気儘にふるまうことを、みんな見ないふりをしていた。二学期に入るころにはクラスも緩みだし、わたしは一、二年生の時より、卑猥《ひわい》で嫌らしい言葉を、投げかけられるようになっていた。

「お金払ったら胸くらい触らせてくれるんじゃね」などと男子がふざけ、女子が「お得意の上目遣いしてたよねー。今」などと言い、周りがくすくす笑う。それを聞こえないふりをして過ごす。わたしの学校生活は、ただ一日が終わればいいと祈る、うっすらぼやけたものだった。

陰口だけで済まさず、何か仕掛けてくればいいのに。体操服でも隠せばいいし、わたしを蹴飛ばせばいい。そうすれば、誰かに助けを求めることもできる。担任は生徒指導主任もしている体育教師だ。クラスの状況を察する鋭さはなくても、訴えれば解決する能力はあるだろう。けれど、ただ、嫌らしい陰口を言われているだけでは動けない。その程度のことを告げ口するのは、自分の軟弱さを露呈するようで、はばかられた。

それをいいことに、受験生であるみんなは、「いじめ」という言葉に発展しないうまいラインをついて、わたしに遠回しに嫌がらせをして、ストレスを発散しているようだった。


事件が起こったのは、九月第二週の音楽の授業だった。

その日、「天気もいいし、店もつぶれかけで俺の仕事ないし」と始業式以来、蒼葉が学校に来た。最初は陽気に、わたしにあれやこれやと話していた蒼葉だけど、わたしを取り巻くクラスの空気を感じとったのだろう、

「冴ちゃんは楽しくやってるの?」

と聞いてきた。

「あ、うん。まあ、そこそこ」

「ならいいけど」

蒼葉はクラスを見回しながらそううなずいた。

わたしへの嫌らしい言葉や目つき。それに対して息を潜めているだけの弱々しいわたし。蒼葉には気づかれないといいな。蒼葉の前では、小学生の時の健《すこ》やかなわたしのままでいたい。今日一日だけでも、誰にも何も言われませんように。そう願いながら、わたしはいつからこんなふうになったのだろうかと、首をかしげたくなった。「水商売の娘だ」と陰口をたたかれるくらいでびくびくして、今の自分を人に知られないようにと願うみじめな人間になっている。ささいなクラスの空気にどうしてこんなにも弱気になってしまうのだろう。わずか中学生で、小学生のころの自分はよかったと懐かしんでいていいのだろうか。ただ一日を無事に過ごすことだけに力を注いでいる毎日でいいのだろうか。

そう思ってはみたけど、どうしようもない。クラスの雰囲気を覆《くつがえ》すなんてできるわけがない。今はわたしがどう動いたって、裏目にしか出ない。静かにやり過ごすのが最善だ。最初にきっぱりとした態度をとらなかったつけは、三年間もついて回っている。

一時間目の音楽の授業は頼りないおばあちゃんの先生で、しかも、朝一でみんなだらっとしていた。今日は鑑賞の授業だとかで、最初に先生が作曲家であるムソルグスキーの説明をした後は、演奏が流されるだけだった。

こういう時間はよくない。気が緩むことなく進む数学や厳しい英語の先生の授業だと何も起こらないけど、自由な雰囲気が流れがちな授業は嫌な空気が漂う。その予感は的中した。「展覧会の絵」は壮大ではあるけど整然とした曲調で、音楽が流れはじめて三分くらいで、飽きはじめた生徒が出てきたのだろう。

「うわ、見えた！　水子のブラ」

と男子が言うのが聞こえた。いつの間にか水子というあだ名がつけられたわたしは、何も言われないようにいつも地味なベージュの透けにくい下着をつけている。見えるはずなんてない。わざと見せつけるように、花柄やレースのブラをしている女子だっているのに。わたしはじっと体をこわばらせた。

「わざとなんじゃない」

三年になってまた同じクラスになってしまった笹森さんの声が聞こえ、笹森さんと付き合っている尾島《おじま》君が、

「いくらで見せてくれっかなー」

と下品に笑った。

先生は聞こえないふりを決めこんでいるのか、ピアノの椅子に座り、教科書に目を通している。

「見せるだけなら千円くらいじゃね？」

「いや、同じクラスなんだぜ。ただで見せてくれるっしょ」

「でも水子のブラ、見てもな」

「その下も見せてくれるって。なにせ、お水の娘なんだから」

男子たちが盛り上がりだして、数名の女子が「うける」と笑っている。いつもわたしを標的にするのは、わずか五、六名の生徒だけだ。クラスの四分の一にも満たない。声の大きい人間に負けちゃだめだ。そのほかのみんなは、黙って音楽を聴いている。気にすることはない。わたしは微動だにしない先生と同じように、何も聞こえないふりをして、じっとうつむいていた。

その時だ。

「先生！」

という大きな声が聞こえた。

あまりによく通る声に教室がしんとなる。声を出したのは蒼葉だ。

「今、笹森と尾島が、下品なこと言っていました」

蒼葉は立ち上がってそう言った。

そんなこと言ってくれなくていい。わたしは顔が熱くなるのを感じた。

「あ、ああ」

おばあちゃん先生は困ったようにうなずく。

「先生、よく周り見てください。ほかに高沢《たかざわ》と金子《かねこ》もとんでもない発言をしてました。それを聞いて、底意地悪い顔で笑ってた女子もいます」

もうやめてくれ。せっかくみんな気づかないふりをしているのに。味方してくれているのかもしれないが、こんなの恥をさらしているようなものだ。わたしは逃げ出したくなる体を止めようと、痛いくらい両手を握りしめた。

「先生、注意しないんですか？」

蒼葉は教室の前まで進むと、音響システムの電源を切った。

「あ、えっと……、そう、そうですね。よくないことですね」

おばあちゃん先生はそう言った。

その次の言葉をみんなが待っていると、

「えっと、続きかけましょうか」

と先生が言い、数名が笑った。

蒼葉は「役に立たねえな」と舌打ちをすると、みんなのほうを見た。

「俺、友達いないし、高校進学する気もないから、なんでもするよ。内申点もクラスの目も怖くないから。今日は先生にチクるって戦法に出たけど、次はぼこぼこにしてやってもいいしさ」

蒼葉の言葉に尾島君が、

「マジかよ。水子のこと好きなんじゃね。かっこつけてうける」

とふざけた。

そう言う尾島君の前に、蒼葉は迷いなく進むと襟《えり》ぐりをつかんで立たせ、隙も与えず腹を殴った。

「言っただろう？　残念ながら俺、何でもできるって。お前、どうせ高校とか行くし、仲間いないと何もできないだろ？　お前に勝ち目ないよ」

尾島君は顔が真っ青になっている。蒼葉は尾島君の席から離れると、

「俺の家、飲み屋だぜ。しかもつぶれかけの。それでもって、小学校からほぼ学校行ってないし、親は育児放棄で超バカ。家もボロ屋で貧乏。お前ら、人ばかにするの趣味なら、好きなだけ俺を使いなよ。格好の餌食《えじき》だろう？　でも、忘れんな。俺は大事なものも未来も何にもないから、何でもできるよ」

とみんなを見回して言った。

そして、すっと冷静な表情に戻ると、

「あ、すみません。先生、授業続けてください」

と席に着いた。

思いもかけない出来事に、教室は静まり返っていた。再び曲が流れる中、みんな一切声を漏らさず、じっとしている。蒼葉の言葉が脅しではなく、本気なのは明らかだった。失いたくないものや怖いものだらけの中学生のわたしたちにとって、何も持たなくても平気な蒼葉は無敵に思えたはずだ。蒼葉はわたしを助けてくれたのだ。それはわかったけれど、うれし

いとは感じられなかった。蒼葉に今の自分の状況をはっきりと知られたのが恥ずかしかった。クラス全員に「からかわれているのはわたしです」とわざわざ表明したようで居心地悪かった。でも、それ以上に、何にも屈しない強い蒼葉が、それを公然と言ってしまえる蒼葉が、なぜか悲しく思えた。

その日以来、蒼葉を怖がってか、誰もわたしのことをひそひそ言うことはなくなった。と言っても、それで友達が増えたり、クラスになじめたりしたわけではない。ただ不快なものが排除されただけだ。

そして、蒼葉は毎日学校に来るようになった。

「冴ちゃん、どうして言ってくれないの」

蒼葉はわたしが中学に入ってからこんな感じだったことを話すと、頭を抱えた。

「いや、特に困ってなかったし」

「さすが冴ちゃんだな。つうか、集団ってこえぇよな。集まると誰かをばかにして団結するんだもんなあ」

蒼葉は遠巻きに自分を見ているクラスメートに目をやりながら、そうつぶやいた。

蒼葉は髪を染めたり、制服を着崩したり、廊下に座ったりと不良ぶるわけではなかった。それでも、音楽の授業の一件で、みんなはすっかり怖くなったのだろう。誰も近寄ろうとはしなかった。

蒼葉はそんなことはお構いなしに、学校に来たからにはと、真剣に授業を受け、当番活動も手際よくこなし、驚いたことに中間テストでは、どの教科もほぼ満点をとった。

「すごい、蒼葉。家で相当勉強してたんだね」

とわたしが驚くと、

「え？　全部、先生が授業で言ってたこと出てたよな。教科書にも問題集にも載ってる問題だし」

と蒼葉は嫌味でもなく目を丸くした。

わたしは授業もまじめに取り組んで、必死で勉強して八十点とれればいいところだ。蒼葉は頭がいい。それに、わたしなんて及ばないくらい真剣に授業に臨んでいる。興味深そうに先生の話を聞く蒼葉を見ていると、もしも蒼葉の家庭が今と違っていたらどうなっていたのだろうと、想像せずにはいられなかった。

二学期が終わるころには、何もしなければ乱暴な態度に出ることはないとわかったクラスメートたちが話しかけるようになり、蒼葉の周りには男女かかわらず、いつも誰かがいるようになった。

自分で切っているという髪の毛も無造作ながらさっぱりしていたし、制服を着ていればどこにも貧しさは見えない。目立つことはしないけど、授業中当てられれば難なく答え、体育ではすばやく走り、ボールを扱う。自分から距離を詰めはしないけれど、話しかけられたら明朗に答える。わたしと一緒にいる平野さんのアニメの話も、楽しそうに聞いている。頭もよくて、運動もできて、公平だ。そんな蒼葉に、だいたいのクラスメートは好感を持っているようだった。

「蒼葉、本当に高校行かないの？」

こんなに学校生活が似合っている人はなかなかいない。わたしがそう聞くと、

「高校って義務教育じゃないもんな」

と蒼葉は言った。

「でも」

「うちの親が、高校行かせてくれると思う？」

「どうなんだろう……」

会ったことはないけれど、蒼葉の家の中の様子や暮らしぶりで、蒼葉の親が子ども第一でないのはわかる。

「もうすぐ義務教育が終わるって、早く働いてくれって、親は卒業を心待ちにしてるよ」

蒼葉はそう言って笑った。

お金がなくても、どんな親だったとしても、高校に行く手段はあるはずだ。先生に相談すればなんとかしてくれるだろう。なんだったらわたしのお母さんにでも話してみれば。そう思った。それなのに、なぜか言えなかった。そうすることが、少しずつ一人で積み上げてきた蒼葉の強さを傷つけてしまうような気がしたからだ。

「それよりさ、冴ちゃんはどこの高校行くの？」

蒼葉はからりと空気を変えるようにわたしに聞いた。

「え……まあ、Y高校に……、行けたらいいかなって。ちょっと難しいかもだけど」

わたしの第一希望は、この辺りでは一番の進学校だ。わたしのレベルでは相当の努力が必要だろう。自分の実力も知らずにと思われそうだと、わたしはぼそぼそと口にした。すると、

「いいじゃん。それ」

と蒼葉は手をたたいた。

「いい？　受かるか怪しいけど」

「俺、受験勉強はしてみたいしさ、一緒に勉強しようよ」

「え？」

高校に行かないのに勉強する。そんなに勉強が好きな中学生などいるのだろうか。不思議がるわたしに、

「放課後図書館で受験勉強。おお、これぞ青春な感じ」

と蒼葉はうれしそうに言った。

提案したとおり、蒼葉は翌日からわたしの受験勉強に付き合ってくれた。本当に勉強が好きで頭がいいのだろう。蒼葉は熱心にわたしに問題の解き方を教えてくれた。

一緒にいると、つくづく蒼葉はすてきな男の子だと思った。家は貧しく親はだらしないかもしれない。でも、蒼葉は美しくて賢くて優しい。そんな蒼葉が、親切にしてくれるのだ。何度も好きになりそうになった。いや、すでに好きになっていた。けれど、わたしはその気

持ちに何とか蓋《ふた》をしようと懸命だった。

　蒼葉に彼女がいる気配はないし、わたしと毎日一緒にいて、よくしてくれる。それでも、蒼葉は恋愛感情を一切漂わせはしなかった。

　蒼葉がここまでしてくれるのは、あの時のパンのお返しなのだ。その恩を返そうとしている蒼葉を好きになるのはどこか違う。わたしはそうやって、自分の気持ちを必死で抑えこんでいた。

第三章

朝からスマホの鳴る音で目が覚めた。カーテンの向こうはうっすら明るくなってはいるけど、まだ五時だ。相手はカナカナだった。またか。そう思いながらも、メッセージを開いた。面接が始まって、人と話す機会や外に出る時間が増えたせいだろうか。以前より、私はＳＮＳでのやり取りをしなくなっていた。いや、それよりも前からか。入社試験を受けようと決めた今年の四月ごろから、現実世界と違う場所での人間関係にどこか自分の中で距離ができていた。今までは、深入りはしないと決めつつも、話し相手ほしさにＳＮＳで何人かとやり取りをし、空虚さにたまらなくなると誰かと会うこともあった。だけど、その数も減っていた。

そんな中、小学四年生から続いているカナカナだけは連絡を取り続けている。初めてできたＳＮＳ上の友達だし、長い間話をしてきたから、名前以外は本当のことを言っているとお互いわかっている。

おはよカナカナ。早いね。どうしたの？

私は寝転がったまま、返信を送った。

いや、ハル、今日何するのかなと思ってさ

うーん。最終面接に論文も提出することになってるから、それ書こうかなー

すごいね。ハル、ついに働くんだね

いやいや、働くのはまだだよ。面接も受かってないから

受かるにきまってるよ。ハル、私とは違って賢いもん

全然。学校なんてずっと通信制だし、人前苦手だし。厳しいかも

大丈夫だよ。ハルならいけるよ。応援してる！

ありがとう。そう言ってもらえるとちょっと自信出る

ハルはそうやって外に出ていくためにがんばってるのに、私なんか、今日もやることないもんなー

カナカナは、「面接がんばって」「ハルならきっと大丈夫」などと励ましてくれるけど、途中から自分自身の今置かれている状況に対する不満や不安を吐きはじめる。最近いつもこのパターンだ。

カナカナも何か始めてみればどうかな。短時間のアルバイトとかさ

私は適当に返事を返しながら、体を起こすと、昨日本屋で買った雑誌を開いた。外に出ていく機会ができて、おしゃれやら流行やらに少し興味も出てきた。

アルバイトでも受からないよ。私なんて親もバカだし、ハルみたいに家庭教師もつけてもらってないから、マジで勉強してないし、もう一生引きこもるしかないよ

一生なんてわけないよ。カナカナだって、ふとしたきっかけで仕事始めるかもしれないし、逆に家でできる仕事見つかるかもしれないしさ

そうかな。そんなうまくいくかな。親が死んだら、私、これからどうやって生きていくんだろう

カナカナの親まだ若いでしょう？　勝手に殺さないで〜（笑）

私はわざと陽気な返事を返した。暗い話に突入するのはごめんだ。朝から気がめいってしまう。

親はまだ生きるとしても、私もうすぐ24歳だよ。10年以上外にも出てないなんて、終わってるも同然だ

だったら、仕事とかじゃなく、外に出ればどうかな。買い物とか好きなことで

と打ちかけて、私は文章を消した。こないだそう書いた時、それができたらこんなふうに

なってない。ハルと私は違うんだ。私なんか死んだほうがいいと、長い話を聞かされたところだ。

今まで何とかなったんだから、大丈夫だよ。私もたまたま面接受けてみるだけで、落ちたら、また同じ生活に戻るしさ。カナカナも焦ることなんて何もないよ

私は少し考えてから、そう送った。

そっかそうだよね。ハルの面接うまく行くように応援してるね！　でも、落ちたら落ちたで、楽しくやろう！

カナカナからはそう返事が来た。

応援してくれているのも本当で、落ちてまたお互い同じ立場になればいいと思っているのも本当だろう。

最初に仕事に応募してみたと話した時、カナカナは「やったじゃん。ついにハル、第一歩だね！　がんばれ！　なんか私までわくわくする！」と心からなのがわかるほど、大喜びしてくれた。だけど、一次面接に受かったと報告すると、「まさか」と本気で驚いていた。

失敗を望んでいたわけでないのはわかる。けれど、カナカナは通信制の高校と大学でほと

んど家で過ごしていた私が、就職なんかできるわけないとどこかで踏んでいたんだと思う。外に出ていく私に、引きこもっていたってなんとかなるんだと、かすかな希望を託してくれるのと同じように、一つ何かをクリアしていく私に、自分を置いて一人だけ別の場所に行かないでと縋《すが》り付こうともしている。

カナカナも近くの公園とか散歩してみたらどうかな？　外歩くと少しすっきりすると思うよ

一人で？

二十四歳にもなろうというのに何を言ってるのだろうと思いそうになりながら、私は、

お母さんと一緒にでも

と返した。

誰があんなばばあと行くのよ

カナカナのその言葉に、

「じゃあ、私と一緒に行ってみようよ。同じ市内だし、私たちの家、そんな離れてないと思うから」

と返信をしようかとは思った。カナカナがそういう言葉を待っているのは、少し前から感じている。私が就職に向けて動き出してから、

「私もせめて買い物くらいできるようにならないとな」「コンビニくらい行ってみようかな」「電車、無性に乗りたくなる時あるんだよね。って、十年以上乗ってないけど」

などとカナカナが言うことがあった。

私が動きはじめたことで、いい刺激になってるのかもしれない。これでカナカナもいい方向に向かえばいいなと最初は思っていた。だけど、次第にそう言いながら、私に誘われるのを待っているんじゃないだろうかと感じるようになっていた。「お茶くらいしようよ」「私が一緒に行こうか」と私が声をかけるように仕向けているんじゃないだろうかと。

もちろん、そうやって、カナカナも一緒に外に出ればいい。私が連れ出してあげればいいのだ。そう思う反面、どこか重かった。家の中では自由に動き、家庭教師と話をし、コンビニや本屋くらいには出かけている私とは違い、カナカナは正真正銘の引きこもりだ。自分の世界だけにいた人と面と向かって話すのは、無意識に傷つけてしまうのではないかという怖さがある。それに、カナカナと私はSNSで話をしすぎていた。お互いよく知っている相手と、今になって顔を合わせることが照れ臭くもある。

何より、最近、

「あーあー、もう死んだほうがいいかも」

などと平気で口にするカナカナとは、会うことだけでなく、言葉をやり取りするのさえ重くなっていた。

ごめん。朝ごはんできたって。早く行かないとうるさいから行くね！　また、暇出来たら連絡する

まだ六時だ。母親は起きてもいない。私はそう嘘をつくとスマホの画面を閉じた。

樋口の勧めどおり、私は通信制高校へ進学した。

「今はいろんな形があるんだね。これで高校卒業できるなら十分だよね」

普通の高校に通わないなんて信じられないなどと非難することはなく、お母さんはそう認めてくれた。もう今の私に大きなことは望めないと半分は諦めているのだろう。高校に入ったということだけでほっとしているようだ。小学三年生のころには、体操だヴァイオリンだ英会話だと、私に何かを学ばせることにあんなに夢中になっていたのに。お母さんをすっかり変わらせてしまったと、私は少し後ろめたい気持ちになった。

幼児教室で働いていたお母さんは、私が中学生になる前に仕事を辞めた。

「感染症の名残《なごり》かな。幼児教室自体が下火で経営難みたい。それに、お母さんももう四十歳超えて小さい子の相手はさすがに疲れるしね」

お母さんはそう言って笑っていたけど、塾や幼児教室のニーズは増えているとよくネットニュースで見かける。それに、お母さんが子どもを好きなのは私から見てもわかる。幼稚園のころ、私の友達ともうれしそうに遊んでいたし、公園で小さい子を見かけると必ず声をかけていた。

休校中の私にあれこれ習わせようとしていたお母さんは、的外れではあるけれど、子どもの可能性を見つけ伸ばしてあげたいという考えの持ち主だった。幼児教室の仕事も大好きで、遅くまで熱心に教材研究をしていた。

他人の子どもにもそれだけ情熱を注げるのだ。私にいろんな未来を願っていたにちがいない。それらは全部諦めたのだろうか。自分の仕事まで手放したのは、私に対してだけでなくすべてに情熱や気力がなくなったのだろうか。だとしたら、いつどの瞬間に消えたのだろう。通信制の高校に行っただけで微笑んでくれる母親を見ていると、自分の人生だけでなく、親の人生まで変えてしまっている気がした。

その一方で、父親は相変わらずだった。

夕飯でたまに顔を合わせても、未だに「社会に出たらどうするつもりだ」などと言ってくる。録音して流しているのかと思うくらい何年もセリフが変わらない。そのくせ、具体策を示すことも、私に何かをしろと命じることもなく、ため息をつくだけだ。

子どものころは親というだけで、立派な人物だと思っていた。だけど、それは違う。十六歳にもなると、それぞれ一人の人間で、自分の子どもに対しての思いですら違うのだとわかる。

母親は、教育熱心でそれでいて勉強に偏《かたよ》らずいろんなことを経験させようとしてくれた。でも、自分の描いた道から私がそれると、あたふたして手持ちのものがなくなってしまう応用が利かないところがある。それでも、長い生活の中で、慣れや鷹揚さが出てきて、私を受け入れ、柔軟になってきている。一年ほど前から、習い事でも始めたようで、たまに家を出ていくようにもなった。生きがいはなくしたのかもしれないが、楽しみを見つけてそれなりの生活を送ろうとしている。

片や、父親は自分しか見えていない。幼いころ、公園に連れて行ってくれたり、自転車の乗り方を教えてくれたりはした。だけど、それは父親の役割だからしていただけで、湧いてくる愛情からではなかったのだろう。何年経っても同じような説教を私にしてくる父親を見ていると、この人は、私が小学生から中学生になり、高校生になったというその当たり前の事実すら見えていないのじゃないかと疑う。悪い人ではない。ただ、私が学校に行っていない現状にも、「ああ、困ったな」程度にしか考えられないのだ。自分のことに置き換えて想像するということができない。だから、彼には具体策がないし、娘が通う通信制の高校がどんなものか調べようとすらしない。まあ、自分のことしか考えず生きている私が親のことなど言えないけれど。

高校生活といっても、今までの延長のようなものだった。学校からは一日の時間割が配布され、教科ごとに課題が与えられてはいるけど、まとめてやれば二時間もかからない簡単なものだ。

年に四回スクーリングがあって、一回目は緊張しながら学校に出向いた。しかし、学校とは名ばかりのビルの中の一室で、数名の生徒と授業を受け、先生と簡単なやり取りをするだけで済んだ。みんな誰ともコミュニケーションをとろうとせず、黙々とやることをやってそそくさと帰る。会議室のような部屋は、教室や学校という空気がまるでなかったし、授業というより事務的な手続きをしているような感じだったから、緊張はすぐにとれた。

通信制高校の課題は簡単だったから、他の時間は参考書を解いて、週に一度家庭教師の樋口に見てもらった。この学校の勉強だけでは足りないと感じていたし、何より時間は無数にあった。今ごろほかの高校生はもっと勉強をしているのだ。そう思うと、何かせずにいられなかった。そんなことを繰り返しているうちに、単調に日々は流れ、何の変化もなく二年生に進級できた。

「あれ。先生、留年したの?」

高校二年生も五月になってから私は気づいた。順調に行っていれば、樋口はこの三月で大学を卒業しているはずだ。それなのに、今も変わらず家庭教師に来ている。そんなことに四月ではなく、今気づくなんて、私も父親に似て自分の考えが軸である世界で生きているのだろうか。

「いや」

樋口は首を横に振った。

「え、もう大学生じゃないの?」

「そうだよ」

樋口はそれがどうしたんだという顔をした。

「就職、したの?」

「したよ」

「じゃあどうして、ここに来られてるの?　仕事は?」

「仕事帰りに来てるんだ。水曜日はノー残業デーだから。七時にここに来るくらい余裕」

「そっか……」

「そうそう」

樋口は私が解いた問題に目を通しながらうなずいた。

「でも、仕事してたら、家庭教師なんてしなくていいんじゃない?」

母に頼まれたのか、辞めるタイミングがつかめなかったのか。どちらにしても、大学も通信制でいいと思っている私に、わざわざ仕事帰りにまで寄って教えることはないはずだ。

「辞めろとも言われてないし、心晴ちゃんが高校卒業するまで続けるつもりだけど」

「はあ」

「何か困る？」

「いや、そんなことは全然」

樋口はうるさいことは言わないし、家に来られて困ることはない。新しい風とまでは言わないけど、週に一度外の人が来てくれることで、この家が循環しているような気もする。そうだとしても、仕事の後に来てもらうなんて申し訳ない。成績で返したいところだけど、通信制の高校ではそうそう見せ場もない。

「好きでやってるんだ。気にしないで」

私の気持ちを察してか、樋口はそう言った。楽しそうなところを一度も見たことがないけれど、まさかこの人は好き好んで家庭教師をやっていたのだろうか。

「仕事の後でするほど、家庭教師、好きだったんだ」

私が疑り深く言うと、樋口は少しだけ笑った。

「それはないけど。……ただ、なんていうか、せっかく待ってる明日やその次やもっと先を、心晴ちゃん何かの瞬間に見捨ててしまわないかなって。高校卒業までは雇ってもらえそうだし、もう少し見ておいてもいいかなと思って」

「は？」

まったく意味がわからず、私は首をかしげたが、

「そんなことよりさ、早く問題やってくれる？」

と樋口に片付けられてしまった。

淡々と私の解いた問題を採点する樋口からは、情熱も教育熱心さも感じられない。それなのに、どうして仕事を終えた後まで来てくれるのだろう。しかもあと二年近くも。

「明日やその次やもっと先」樋口が言った言葉は、少しだけ心に引っかかった。先の自分を見捨てなければ、私にも待ち遠しくなるような出来事がやってくるのだろうか。カレンダーを見ないと、今日が何日かも何曜日かもわからない、光のない退屈な洞窟の中をどこに向かうかもわからずのろのろ進んでいるだけの私の毎日が、変わる日が来るのだろうか。

そんなわけないと諦めながらも、私はどこかでその可能性はゼロではないと思っているのではないだろうか。いつか出口が見える。いつか次の世界に踏み出せる。そう思うからこそ、こうして勉強しているのではないだろうか。

そんなことを思いながら、いつ何に使えるのかわからない数学の問題を私は黙々と解いた。


高校は、家から一時間以内で通える範囲では一番の進学校であるＹ高校に進んだ。中学の三年間は楽しいとは思えなかった。なるべく環境を変えたくて、同じ中学から進学する生徒

が最も少ない公立高校を選んだ。それに、家の財政事情を考えて、大学に進学するなら公立が精一杯だろうから、少しでもいい高校に入りたいと思っていた。

高校は、中学の時とは違う厳粛な空気が教室に漂っていた。同じ年齢の集団なのだから、全てが円滑というわけではない。だけど、大学受験をすでに念頭に置いている生徒が多いせいか、無駄ないさかいはなかった。

出席番号や席が近くだった子がそのまま友達になり、休み時間におしゃべりをしたり、帰りにアイスを食べたり、それなりに楽しい日々を送った。ただ思っていた以上に高校生活は淡々としていた。部活動はあるにはあり、文武両道を謳っていたけど、運動部で活動する生徒は少なく、放課後は予備校に急ぐ生徒が大半だった。わたしみたいに努力して成績をキープしている生徒より、そもそも頭がいい子や幼少期から塾に通っている子がほとんどで、わたしは中学の時以上に必死に授業に臨まなくてはついていけなかった。

「こりゃ、入ったはいいけど、あっけなく落ちこぼれそう」

わたしが一学期の中間テスト前にこぼすと、お母さんは、

「入っただけすごいんだからいいじゃん」

と気楽に言った。

「せめて真ん中くらいは目指したいなあ」

「冴は賢いねえ。お母さんなんて、施設から一番近くて偏差値も低い高校に、ただ高卒資格

がほしくてだらだら通ってただけなのに」

お母さんは児童養護施設で育ったことをあけすけに話す。少年院上がりだったら、そりゃちょっとは隠そうと思うかもしれないけど、勝手に親に捨てられただけで、私自身は何も悪くないでしょう？　罪悪感もひけめも感じる必要ないじゃん、と堂々としている。

「お母さんは、将来なりたいものってなかったの？」

「どうかな。早く自立したいって思ってはいたけどね。手っ取り早くお金を稼ぎたかったかな」

「さすがお母さん、現実的だね」

「でしょ。冴は何になるの？」

「どうかな」

なぜか未来を思い浮かべると、高校に行かなかった蒼葉のことを、パンを届けに行った時の小学生の蒼葉の姿を、思い出す。

「まだわからないけど、子どものために何かしたいと思う」

「うわ。すてきな夢だね」

お母さんはわたしの頭にふんわり触れた。

「そう？」

「うん。私はお金がほしいって自分勝手な夢しか持てなかったけど、今こうして冴の夢を共有できるって最高」

「何かできたらいいけどね」

「冴なら何でもできるよ。それに、何になったって大人は楽しいよ。うるさい親から離れられるし、何より自由で。あ、くれぐれも言っておくけど、お金だけはたんまりあるから心配しないで好きなことやってよね。何せ子どもの時からお金を稼ぐのが夢だった私だもん」

お母さんは自慢げに言った。

「そんなにうち、お金あるのかなあ」

お母さんは特売日めがけて買い物に行き、まだ使えると歯磨き粉さえもチューブを切り開いて使う。お金に余裕があると感じたことは一度もない。

「本当の金持ちって質素なのよ。我が家みたいな家こそ大金持ちって言うのよ」

とお母さんは陽気に笑った。


中学三年生の時にY高校を目指すわたしに勉強を教えてくれた蒼葉は、自分は高校には進学しなかった。

蒼葉は、わたしの頭ではかなりの努力が必要だとわかっていたのだろう。わたしより先に過去問を解いて、説明してくれた。

「賢すぎるよね」

蒼葉はどの教科もずば抜けてよくできた。学校での成績にも、受験勉強を教えてくれる姿にも、わたしは感嘆した。

「単におもしろいんだよね。勉強」

「勉強がおもしろいって、天才児の発想じゃない」

本気で驚くわたしを、蒼葉は笑った。

「天才児じゃなく、貧乏人の発想だよ。俺の家、絵本もブロックもなかったからさ、小学校で教科書もらった時、おもしろすぎて全教科一日で読んだよ。算数教材のブロックや時計もいい遊び道具だった」

「そうなんだ」

「貧乏だし、親は子どもの教育になんて興味ないし。学校から与えられるものがすべてだったもんな」

蒼葉は懐かしそうに言って、

「学校と、そして、冴ちゃんがくれたパンと。そのおかげであの時は生きられた」

と付け加えた。


蒼葉は中学卒業後は、バイトに精を出していた。ファストフード店、ファミレス、居酒屋、自分の親が営む店。朝から晩まで働いていて、わたしよりずっと忙しく、ごくたまに近況をメールで知るくらいで、会うことはほとんどなかった。

高校生になってわたしもできるだけ家事をした。わたしが高校生になると、「ちょっと余裕が出てきたからね」とお母さんは仕事時間を短くし、夜七時出勤十二時上がりにしていたから、夕飯は一緒に食べられた。意外に料理はうまく、わたしが夕飯を作ると、お母さんは喜んだ。

「冴って本当に料理上手よね。不思議じゃない？　私の下手な料理を食べて育ったのに。味覚ってどうやって育つんだろう」

「そうだよね。でも、わたし、お母さんと違って裁縫とかは苦手だし、親子って似ない部分はとことん似ないんだね」

「そうそう。私も施設の先生の誰にも似てないしな」

「そりゃ、血がつながってないからでしょう」

わたしが言うと、お母さんは「そりゃそうか」と笑った。

「子どもは育てたようにしか育たないとか、親の背中を見て育つとかっていうけど、あれでまかせだよね」

「そうかな？」

「冴は、私の何倍もたくましいし、何倍も賢いし、何倍も優しい。子どもって自分が育ちたいように育って、必ず親を超えていくんだね」

相変わらず地域のおばあちゃんやおじいちゃんたちの頼みを断れず奔走しているお母さんのほうが、何倍も優しいはずだ。わたしは、

「全然超えた気しないけどな」

とつぶやいた。

「センスと器用さと臨機応変さとスタイル以外は超えてるって。顔はまあ同じくらいか」

お母さんはそう茶化した。

「何よそれ。お母さんのほうがいいところ多いじゃん」

「そう？　料理上手ってポイント大きいよ。あ、そうだ、一つ言っていい？」

お母さんが夕飯を完食した後に言った。

「何？」

「夕飯、洋食続きはきついわー。どう見ても二十代にしか見えないと思うけど、もうお母さん四十二歳だもん。さっぱりしたもの食べたい」

そういえば、今日はハンバーグで昨日と一昨日は二日連続カレーだった。

「ちゃんと四十代に見えてるけど、わかったよ。明日は酢の物と煮魚にでもしようかな」

「そうそう。意外と和食派なのよね。魚とみそ汁が最高」

「了解」

お母さんの出勤前、急いで二人で夕飯を食べる。あわただしいけど、一日の終わりを一緒に迎えられるようでどこか心が落ち着く。「いってらっしゃい」とお母さんを送り出すと、わたしももうひと仕事だ。と机に向かう。

高校生のわたしにとって、未来はもうすぐそこだ。何にでもなれるように勉強しておかなくては。子どものためになれる仕事をという夢はあるけれど、大人になったら何よりお母さんに喜んでもらいたい。わたしが元気だったら上機嫌なお母さんだけど、社会に出たら楽をさせてあげたいし、もっとわたしを自慢に思ってもらいたい。

その前にはまず賢くならないとな。わたしは問題集を広げると、さっそく解きにかかった。

七月に入り、日差しの強い日だった。駅から山手へと向かって歩くわたしの横で、蒼葉が愚痴った。

「墓地って、行くのに面倒な場所に多いよな」

「そう？」

そういえば父親のお墓も田舎の不便な所にある。けれど、おじいちゃんもおばあちゃんもいないわたしは、二ヶ所しか知らないからぴんと来なかった。

「駅構内とかカフェの中とかに作ったら、みんなさっと墓参りできて、ご先祖様も大喜びだと思うけど」

「それじゃ、あちこちの駅で、怪談話が出てきそうじゃない」

「たくさんの霊が見守ってくれてるんだぜ。パワースポットだって」

「っていうか、蒼葉、ついてこなくたっていいのに」

わたしより涼しげな顔をしているけど、暑さに弱い蒼葉は足取りが重い。わたしがそう言うと、

「は？　普通行くでしょう」

と蒼葉が不服そうに返した。

「岸間さん、俺をどれだけ薄情なやつだと思ってんの。それにさ、俺、昼寝てばっかだから、たまには明るいうちに外に出ないと」

「そうかな」

蒼葉はそう言うと、「見えてきたよ」と少し足を早めた。

わたしの住む最寄り駅から電車で二十分。そこから歩いて十五分ほど坂を上ったところに母の墓はある。月に一度わたしは墓参りに行くが、三ヶ月に一度それに蒼葉がついてくる。

墓地に入ると、蒼葉は桶《おけ》に水をくみ、墓石を洗い、花を取り換え線香に火をともす。てきぱきしているわけでもゆったりしているわけでもなく、ちょうどいい速度だ。こういう動き一つをとっても蒼葉は所作がきれいだ。わたしの母もそうだった。夜の仕事を見下す人もいるけれど、日常の動作の美しさはどこかで習うものじゃなく、たくさんの人と接している間に身につくように感じる。

「お久しぶりです。今、岸間さんは観光センターの面接にがんばってるよ。暑いけど相変わらず元気にしてます」

蒼葉はいつも口に出して墓前に報告する。わたしはなんだか照れ臭いから黙って手を合わせる。「お母さんがいてくれるから今も幸せだよ。お母さんもゆっくりしてね」と心の中でつぶやく。

「それにしても、いなくなった後に岸間さんが一切困らないようにしてたってすごいよな。マジ感心するよ」

蒼葉はお墓を前にすると、毎回同じようなことを言う。

「確かに、お金もそのほかのことも、何も困らなかったもんね。大人になった今でもそう。みんなにいろいろやってもらえてるしね。あ、お母さん、みんな元気で、よくしてくれてるよ。吉川のおばあちゃんも石崎のおばちゃんもおいしいおかずを持ってきてくれるし、野菜は前田のおじいちゃんにもらえるし、のん気に暮らせてる。暑いけど、みんな元気すぎるくらいだよ」

わたしは今度は声に出して、近所の人たちのことをお母さんに報告した。

「お年寄りって面倒見いいもんな。世話焼くのが趣味なのかも。先にいろいろ経験してる人が近くにいると助かるよな」

母の代わりに蒼葉が答える。

「本当。お葬式とかその後とか、ややこしいこと全部、近所の人たちのおかげでやり切れたようなもんだよ。あ、それと蒼葉と」

「俺、何かしたっけ」

「何でもしてくれたよ」

そうだ。あの時、蒼葉は何でもしてくれた。何が必要で、今どうすればいいのか、毎日わたしに聞いてくれた。

煩雑《はんざつ》な手続きはお母さんが生前に準備をしていて、すでに頼んでいたのだろう。石崎のおばちゃんに任せておけば大丈夫だった。お通夜もお葬式もお墓も、お金のことも、わたしが呆然《ぼうぜん》としている間に進んでいた。生活ってどうやるんだったっけと、空っぽになってしまったわたしが自分を取り戻す前に、近所の人たちのおかげで、今までと変わらないような暮らしが送れる状況が整えられていた。

　その後も、石崎のおばちゃんや吉川のおばあちゃんがおかずを届けてくれたり、「ほらほら、やっぱり汚れちゃって」と掃除や洗濯をしてくれたり、何かと理由をつけては家に来てくれた。

　寂しいと感じる隙間を与えないように、近所の人たちはわたしをかわいがってくれた。高校の卒業式は、みんなで参加したがって、じゃんけんで石崎のおばちゃんと前田のおじいちゃんが来てくれることになった。大学入試に向けても、願書を取り寄せ、問題集を山ほど買ってくれ、神社に願いに行ったり、もう寝静まったわたしの家に夜食を届けに来てくれたりと、みんなそれぞれ応援してくれた。

　母と二人だった時より裕福になったんじゃないかと思うくらい一切困ることのない生活。近所の人たちの存在は、どれだけありがたかっただろう。泣いていても時は進む。どれだけ悲しい出来事が起きても、大事なものを失っても、止まるものは何一つないのだ。次第にわたしは母のいない生活を、それなりに送れるようになっていた。

　けれど、それだけのことをしておいてくれた母を思うと、恋しくてつらくて、ときおりどうしようもない寂しさに襲われた。

そんなわたしの元を、蒼葉はアルバイトや家の仕事の合間をぬって、「今日の機嫌はどう？」となんでもない顔で訪ねてくれた。わたしのとりとめのない話を聞き、バイト先の笑える話などをしてくれ、塞ぎようのない空虚な穴を埋めてくれようとした。それに、大学受験に向けても、高校受験の時と同じように勉強を見てくれた。

「あのころの蒼葉忙しかったのに、悪かったなと今でも思うよ」

わたしは柄杓《ひしゃく》や桶を片付けながら言った。

「それくらい、なんでもないよ」

「わたしだったら絶対できないな」

「できるって。岸間さん、パンのない日は長い日だっていうことわざ知ってる？」

「知らない」

聞いたこともない言葉だ。わたしは首を横に振った。

「スペインのことわざなんだって。小学生の時、俺の途方もない日々を、よみがえらせてくれたのは岸間さんとお母さんだよ」

蒼葉はそう言って、最後にもう一度と墓石に手を合わせた。

母を亡くした後、一日は信じられないくらいに長かった。母がいない部屋で朝を迎え、学校に行き、母と話すこともなく、母が戻らない部屋で眠る。もしかしてこれは夢かもしれない。そうだ、お母さんはここにちゃんといる。いなくなるわけなんかないと、毎朝祈るように目を覚ますのに、どこにも母はいなかった。

母はわたしにとって、生きるのに不可欠な存在だった。その母を失ったわたしの時間を進めてくれたのは蒼葉だ。それは感謝する。だけど、何度か運んだパン。それをずっと忘れずにいてくれる蒼葉に、どこか苦しくなる。

あの時の蒼葉と同じような思いをする子どもがいなくなりますように。わたしはお墓に願うには違ってるかなと思いながら、お母さんなら何でも受け入れてくれるだろうと手を合わせた。


高校二年の十二月、お母さんが入院した。職場から救急車で運ばれたのだ。

お母さんは、

「いやあ、がっつり保険に入っててよかったわ。入院給付金でなんだかんだともらえるもんね」

と病室に駆けつけたわたしに、のん気な顔で言った。いつもどおりのお母さんにほっとして力が抜ける。

「突然驚くじゃない。今までしんどくなかったの？」

「それが自覚症状ないのよね。胸やけとかありませんでしたか？　って先生にも聞かれたけど、しょっちゅうお酒飲んで夜中に食べてるわけだから、わかりにくいよね」

お母さんはあっけらかんとしていた。夜遅い仕事で生活が乱れがちだし、お酒のせいもあるのかも。少し休めば元に戻れそうだと言うお母さんに、わたしは、

「家にいたらお母さんついつい動いてしまうから、この際、しっかり休んでね」

と楽観的にとらえていた。

入院中、石崎のおばちゃんが病院にも我が家にも来て世話を焼いてくれた。自治会を一緒にやっていた畑田《はただ》さんと森本《もりもと》さんは入院に必要なものを買ってきてくれ、吉川のおばあちゃんや前田のおじいちゃんもよく見舞いに来てくれた。

「冴ちゃんのお母さんには世話になってるからね。こういう時は私らの出番だね」

吉川のおばあちゃんが言い、

「じじいたちが若い岸間さんを見舞うのも変な話だけど、冴ちゃんは気にせず学校がんばるんだよ」

と前田のおじいちゃんも言ってくれた。

みんなに励まされるたびに、今までお母さんがやってきたことの大きさを感じた。

「私、夜の仕事で、昼間暇なんで、何でも言ってくださいね」

夜の仕事と知って、近所の人が顔をしかめる前に、お母さんはそう言っては、車を出しては荷物を運んだり、電球交換をしたり、パソコンの設定をしてあげに行ったりと、こまごました便利屋みたいなことをしていた。そのおかげだろうか。あまり顔を知らないおばあちゃ

んまでもが、道を歩けば、

「冴ちゃん、どう？　大丈夫かい？」

などと声をかけてくれた。


お母さんが入院して数日後、手術が行われた。過労での軽い症状だと聞かされていたのに、七時間に及ぶ大手術だった。手術中は心配でじっとしていられなかったが、終わりさえすれば退院できるんだと思って気持ちを落ち着かせた。ところが、手術後、ベッドで点滴を受けているお母さんは、少し痩せて本当の病人のようになっていた。それがわたしには怖くてしかたがなかった。肌つやがよく生き生きとしていたお母さんの姿はどこにもない。

そんな状況は一ヶ月経って年が明けても、変わらなかった。わたしは学校帰りに毎日病院に寄った。手術をしたのに、退院のめどは立たず、入院はしばらく続くということだった。お母さんの「平気、平気」と言うかすれた声も血の気のない顔や痩せていく姿も、はっきりしない病院の先生の口調も、何をとっても希望には結びつかず、いったいいつまでこんな日が続くのだろうと不安しかなかった。

一月の終わり、

「今週末に外出許可が出たよ」

とお母さんは言った。

「え？　本当に？」

お母さんは腕に何本も管を刺されていて、顔色もさえないままで、回復しているようには見えない。そんな中の外出許可は、最後通告のようにも思えて、わたしは素直に喜べないどころか、胸騒ぎさえした。

「うれしいけど、その体で外に出て大丈夫なの？」

「大丈夫に決まってるじゃない。先生が決めたんだもん」

お母さんはかすれた声で、それでも楽しそうな口調で言った。

「それにさ、冴。もしも万が一、いや億が一のことがあっても、何も心配いらないよ。冴の周りにはたくさんの人がいるんだから。そんな心配そうな顔しないで」

お母さんはベッドの横に座るわたしの手をそっと取った。

「たくさんの人？」

「そう。冴を助けてくれる人はいっぱいいるから」

「そんなのいらないよ。日本中の人に助けられたって、なんの意味もないよ。わたしは、ただ、お母さん一人いればそれでいいの」

お母さんは何を言っているのだろう。よくしてくれる人が周りにたくさんいることは、わたしも知っているし、今もお世話になっている。だけど、誰がいたって、どれだけたくさんの人が支えてくれたって、お母さんがいないと意味がない。そんな簡単なこともわからないのだろうか。そう思うと、涙が湧いてきた。

「そっか……」

わたしの顔をじっと見ていたお母さんは、少しくぼんでしまった目にわたしと同じようにうっすら涙をにじませた。

「そう。そうに決まってるじゃん。当たり前でしょう」

「すごいんだね。母親って」

「今まで知らなかったの？　お母さんの顔を見るのがうれしくて、お母さんの声を聞くと心が弾んで、お母さんに触れられると安心できて。子どもの時何回も言ったでしょう？　大好きだって」

幼いころ、わたしはずいぶん甘えん坊だった。「ママ大好き」と繰り返し言っては抱きついていた自分を今でも覚えている。

「本当だ。冴、いつもそう言ってくれてたね。かわいかったな……。私、そんな大事なこと見落としてた」

お母さんはそう言って、涙をこぼした。乾いたお母さんの頬を涙が伝っていく。

わたしは、

「そうだよ。お母さんったらすぐに忘れちゃうんだから」

とタオルでお母さんの涙をふいた。

「もうボケてるのかしら。いやだな、まだ若いのに」

お母さんはそう笑ってから、

「私は施設で育ったから、周りの人に助けてもらうことがどれだけ大事か身に染みてて。親がいなくても周りの人に愛されれば幸せになれるんだって、それが大事なことだってずっと思いこんでたんだ。みんなに大切に思われる人になれば、幸せになれるって……。冴にもそうなってほしいと思ってた」

と言った。

「それは、わかる。わかってるよ」

わたしは静かにうなずいた。

「私なんて水商売だし、親もいなくて、どうしようもない人間だから、冴を見守ってくれる人が、冴に何かを教えてくれる人が、私だけじゃなく、たくさんいたらどんなにいいだろうって思ってたけど……」

「そうだとしても、お母さんより大事なものなんて何もないのに」

「そっか。そうなんだね。あちこちで恩を売ってる暇があったら、健康診断にまめに行って、もっと自分を大事にすればよかったのかな。よその人の買い物に行ってる間に、ラジオ体操でもすればよかったか」

お母さんは乾いた声で少し笑った。

自分のことなど気にもせず、周りのために動いているお母さんだからこそ、わたしは好きなのかもしれない。けれど、どれだけたくさんの人とつなげてくれても、お母さんの代わりは誰がどうやってもなれないことも事実だ。

「冴が生まれた時、こんなにも大事なものがあるんだ。この子のためなら何でもできるって、絶対に悲しませないって思ったのに。こんな私だって、誰かにとって大切な人間になれるんだって冴が教えてくれたのにね。もう忘れないようにしなくちゃ」

わたしも、お母さんを絶対に悲しませたくはない。わたしの前からいなくならないで。ずっとそばにいて。そう叫びたい思いを呑みこんで、わたしはお母さんの手をぎゅっと握った。

「でも、冴、怖がることはないよ。私が大事なものができたのは大人になってからだよ。冴が今、私のことを大事に思ってくれているのはわかる。けれど、必ず、私よりもっとずっと大事なものに、出会える」

お母さんはきっぱりと言った。

それはそうなのかもしれない。未来のことはわからない。でも、今は、お母さんがすべてなのだ。そう言いたかったけど、わたしはこれ以上苦しくなりたくなくて、

「大げさなこと言わないでよ。お母さんはいなくなったりしないでしょう。でも、病気になるなんておかしいよね。お母さん、若いうちに不幸をぎっしり体験したから、これから先はずっとラッキーしかないって言ってたのに。だから風邪すらひかないのかと思ってたよ」

と冗談めかした。

「そっか。そうだよね。だったら、案外すぐに治るのかもね。それか、ちょっと計算間違えたかも」

「計算間違い？」

「二十五歳までは不幸みっちりだったけど、冴が生まれてからの十七年はあまりにも幸せす

ぎたからな。ちょっと計算合わなくなってきたのかも」

「それにしたって、もうそろそろ治るでしょう。これで病気がひどくなったら、神様算数一からやり直しだよ」

「そうだよね。小学生でもわかる計算だよね。もう少し幸せ味わってもいいはずよね。うん大丈夫に決まってる」

お母さんはそう言うと、

「そんなことより週末何しようか考えようよ。家にしかいられないだろうし、ついでに寝てるんだろうけど、それでも、二人で楽しく過ごそう」

といつもの子どもっぽい楽しそうな笑顔を見せた。

そうだ。お母さんの病気がこれ以上ひどくなったり、ましてや死んだりするなんてありえない。神様がいるかいないかはわからないけど、そこまで人生は不平等ではないはずだ。親がいなくて施設で暮らし、夫も早く亡くした。それなのに、お母さんは周りのために動き、明るく元気で楽しい。悪事なんてしてもいない。そんな人の下に不幸が訪れるわけがない。わたしは本気でそう信じていた。

そのあとは二人であれこれ計画を立てた。DVD借りてこようよ。思いっきり笑えるやつ。それと、スーパーで一番高いジュース買おう。普段絶対買わない瓶に入ったの。超おしゃれな雑誌も買って、今度買う服決めちゃおう。あとは寝転がっておしゃべりして……。そんなふうに話すだけで楽しかった。

けれど、わたしたちの計画した週末はやって来なかった。

高校三年生の十一月一日。通信制大学の合格通知が届いた。ああ、そういえば、九月に書類を送っていたっけ。入試もなく、受験勉強をしたわけでもなく、ただ必要書類を送っただけで変わらない日々を過ごしていたから、懸賞にでも当たったような気分にしかならなかった。

お母さんは、

「よかったね。大学って、どんな勉強ができるんだろう。楽しみよね」

と、夕食後にケーキを用意してくれた。

「まさか合格祝い？」

私は少しうんざりした声が出た。

努力もせず困難も乗り越えず、ただ書類を送付しただけ。自分で決めた道でもなく、幸運をつかんだわけでもない。こんなことで祝ってもらえる私は、どれだけだめな人間なのだろうと嫌気がさす。

「まあ、そういう感じかな。合格したとなると、もう樋口先生ともお別れだね。お世話になりすぎたもんね」

お母さんは私の前に紅茶を置きながら言った。

「そうなるのか……」

私はお母さんが用意してくれたモンブランを口に入れた。

お母さんの気遣いをうっとうしく思っているくせに、甘くておいしいケーキに体が緩む。

家にこもって活動量は減っていても、不思議とお腹はすく。前にそんな話をした時、「若いからだよ。体の中は変わらず動いてるんだよ」と樋口が言っていた。そのせいだろうか。私は何かをおいしいと思う時、まだ自分は大丈夫だと少しだけほっとする。

「もう教えてもらうことないもんね。今までも会社帰りに来てもらって申し訳なかったし」

お母さんはかぼちゃのタルトを食べながら言った。

帰りが遅くなる父親の分は柿を使ったケーキだ。お母さんは、昔から季節感を大切にしていた。七夕《たなばた》やクリスマスや節分。行事を祝うだけでなく、旬の食べ物を食卓に並べたり、玄関に花を飾ったり、そういうことが好きだった。

「心晴も家庭教師は終了でいいでしょう？」

「うん、そうだね」

もう何かに向けて勉強することはない。高校卒業まで見てもらってもいいように思うけど、仕事後にここに来るのは樋口にも負担にちがいない。大学に行けることが決まったのなら、いつまでも甘えてはいられない。

「じゃあ、次の水曜日でおしまいでって連絡しておくね」

お母さんに言われ、わたしはうなずいた。

最後の家庭教師の日、樋口にお礼をするべきかと思ったけど、何も思いつかなかった。お小遣いは中学一年生から一ヶ月に五千円もらっていて、ほとんど使っていないからずいぶん貯まってはいる。プレゼントを買いに行こうかと考えたけど、今の私に、人にあげられるものは何もない気がして、何も買わず、手紙を書くこともしなかった。

「いろいろありがとうございました」

最後にお礼だけは述べた。

「心晴ちゃん賢いし、特にすることなかったけどね」

樋口はそう言った。

けれど、高校や大学につないでくれたのは樋口だ。私と親だけでは、こんなふうにスムーズにいかなかっただろう。

「とりあえずの学歴は手にしたたし、これからだな」

「これからか……」

これから私はどうなるのだろう。ほとんど家にいたままにして、大学入学までの学歴を手に入れた。選り好みさえしなければ、就職先も見つけられるだろう。だけど、外に出て働くことが私にできるのだろうか。学校で何かあったわけでも、つらい目に遭って引きこもっているわけでもない。それでも、長い間集団生活をしてこなかった私にとって、誰かと何かをすることは未知の世界だ。

小学生や中学生だった私は不登校という位置づけではあるけど、小学生であり中学生であった。今は通信制の高校生で、もうすぐ大学生になる。でも、そのあと、私は何の肩書も持たない人間になってしまう。どれだけ参考書を解いても意味のない世界に進むことになるのだ。

「先のことを考えても、何をすればいいのかわかんないな。先になればなるほど、ちっぽけになりそう」

私がつぶやくと、

「心晴ちゃんなら、きっと何かしたくなるはずだから大丈夫」

と樋口がめずらしくしっかりとした口調で言った。

「私が？」

「そう。恵まれた家の中でぐうたらしてたから見逃してただけで、今から知りたいこともやりたいこともたくさん出てくるはずだよ」

「どうだろう……」

私には希望も夢もない。将来の展望もない。なりたいものどころか、やってみたいことすらない。大学を出て大人と言われる年になった自分を想像しても、どこもわくわくしなかった。そのうち学生という立場すらなくなる日が来るのだ。勉強をしていればいいという名目を奪われたら、何もすることのない生きる意味のない人間になってしまう気がする。

「まったく、思い浮かばないけど……」

「そんなはずないだろうけどさ」

「本当に私、少しもやりたいことがないんだ」

私が正直に言うと、

「じゃあ、一つだけ知りたいこと作ってあげようか」

と樋口が静かに笑った。

「知りたいこと？　そんなの作れるの？」

突拍子もない提案に、私は驚いてすぐに聞き返した。

「俺が大学生じゃなくなって、そのあと二年もの間、仕事の後、心晴ちゃんの家庭教師をしてたのって、どうしてだと思う？」

「どうしてって……。家庭教師センター通してよりも、いいお金がもらえるようになったとか……。あ、お母さんに頼まれたからでしょう？」

私の答えに、樋口はまさかと首を横に振った。

「俺さ、家庭教師センターで心晴ちゃんの名前見た時、どこかで聞いたことある、って思ったんだ。でもその時は、なかなか思い出せなくて、けれど、一日考えて気づいたよ。ああ、あの子だって」

「あの子って？　私のこと知ってたの？」

樋口とは彼がここに来た時が初対面だったし、樋口という名前の知り合いもいない。私にはまったく意味がわからなかった。

「これ以上話すのはおせっかいだから、やめておくけど」

「ええ。ちょっと待ってよ。そんなの、気になるじゃない」

「だろう？　俺はさ、教師ではないから、学校に行ったほうがいいとは思わなかったけど、それでも、心晴ちゃんをほうっておくことはできないって、いつかどこかにつながればと思って、今までここに来てた。もちろん、心晴ちゃんのためにそうしたかったし、心晴ちゃんが進んでくれないとしんどいままのやつもいるからさ」

「は？　さっぱりわからない。しんどいままのやつって誰？　先生は最初から私のこと知ってて、他にも私のことを知ってる人がいるってこと？」

私が食いつくのに、

「それは、心晴ちゃんが知ろうと思えばわかることだと思う。案外やることいっぱいあるだろう」

と樋口は言うと、

「じゃあ、また。これからもがんばって」

と席を立った。

「じゃあ、またって……」

部屋の中に取り残された私は、必死で記憶を巡らせた。樋口。親戚にいたっけ？　今までどこかで会ったことがある？　学校に行ってた時の知り合い。近所の人。たまにいく書店の店員。いや、どれも違う。頭の中を掘り返しても何も出てこない。考えてもヒントになりそうなものもない。何なんだ。あの思わせぶりな話。考えれば考えるほど、こんがらがる。

もしかして、樋口は私を少しでも外の世界に近づけようと出まかせを言ったのかもしれない。何かに興味を持たせようと話を作ったのだ。どこにも糸口はなくて、結局私はそう片付けた。


一週間後の水曜日、私は突然怖くなった。いつもの家庭教師の時間になって、樋口が来ないという事実にぞっとした。私は引きこもってはいないし、コンビニや本屋には時々出かけている。でも、会話をする生身の人間は、家族以外に顔を突き合わせていた人間は、樋口だけだったということに改めて気づいたのだ。その樋口がもう来ないのだ。その現実に直面し、胸が騒いだ。

樋口とはたいしたことはしゃべっていない。友達にもなっていないし、親しいと呼べる間柄でもない。それでも、顔を見て、同じ空間で言葉を交わしていた。それがなくなることが、こんなに怖いことなのかと驚いた。週に一度の家庭教師。待ち遠しかったわけではないけど、その時間があることが何も起こらない私の日々に、波をもたらせてくれていた。私一人では、ただ延々と過ぎる時間に呑みこまれてしまう。このままでは、世間から切り離されてしまうのは時間の問題だ。

やばい。誰かに会わなくては。顔を合わせて会話をしなくては。家族ではない誰かに。このままじゃだめだ。自分がこれ以上落ちていくのを感じたくない。焦りと不安で、私は手あたり次第にＳＮＳでメッセージを送った。

それから、私はＳＮＳで声をかけた相手に二週間に一度程度、会うようになった。男ばかりにメッセージを送ったわけではないのに、成立する相手は男しかおらず、ＳＮＳの情報はでたらめで、実際に来るのは冴えないおじさんばかりだった。

年が離れているせいか、会ったところで話も合わないし楽しくもない。だから、三十分足らずカフェで過ごし別れることがほとんどだった。それでも、人と会っている。他人と会話できている。私は社会と切り離されているわけではない。そう確認できるだけで、私にとっては意味があった。会うのは一度きり、そのあとはメッセージも送らない。私はそうルールを決めて、高校を卒業して大学生になってからも、一ヶ月に二人ほどと対面していた。

同時に、カナカナにも頻繁に連絡をした。顔を向き合わせていてもおじさんとは話が弾まない。何より、自分の情報を知られるのは怖いから表面的なことしか話さない。本当のことを話せるカナカナは貴重な存在だった。

今日もまたおっさんだったよ。しかもはげてたし。プロフィールには20代でサッカーやってるって書いてたのに、どう見ても40は超えてた

うわー。気持ちいいほどの嘘のつきっぷりだね。ハルよく笑わずにいられたね

半笑いだったかもだけどね。だってバレバレなのに、ずっと20代のふりで、話すんだよ

おっさん自身、自分が20代だと信じきってんじゃない？

私が変なおじさんと遭遇した話を、いつもカナカナは興味深く聞いてくれ、笑い話にしてくれた。

そうかもしれない！　そのくせ、一度も目が合わないんだよね。ずっとメニュー見ながらしゃべってて不気味だった

変なやつ。でもさ、ハルほんと気をつけなよ。やばい事件もあるしさ

わかってる。会うのは家から1時間以上離れた場所で、1時間以内一度だけって決めてるし、会った後はもうブロックしてる

徹底した自己管理じゃん。だけど、ハル、しゃべりたいだけなんでしょう？　女の子と

会えばいいのに

そう！　私もそう思ってるんだけどさ、女の子は会おうってならないんだよね。私のプロフィールに女子大生って書いてるせいか、男ばっか食いついてくる。あ、もう1時だ。カナカナ、こんな時間まで大丈夫？

大丈夫。私に時計は関係ないって

カナカナは、登校日が年数回しかない通信制の高校に入学した。しかし、一度もスクーリングに行くことができず、一年で中退し、そのまま家で過ごしている。だからいつでも話し相手になってくれた。樋口が来なくなった後の二週間くらいは、毎日朝から深夜まで「不安だ」「もう腐ってしまう」と嘆くだけの私とメッセージをやり取りしてくれた。

カナカナと会えたら最高なんだけどな

何度目だろう。私はそうメッセージを送った。カナカナなら、本当のことを言いあってるから安心して会える。顔と本名を知らないだけで、もう付き合いは十年以上になる。

ね。できればいいけどさ、私なんて部屋から出たことすらないもん。外で人と会うなんてハードル高いわ

私たちの家って電車で30分くらいしか離れてないよね。カナカナの近くに行くから人のいない公園でしゃべるとかだめかな?

うーん。ちょっと私には無理かな……。本当にごめん。でもさ、その分24時間態勢で、ハルの話聞くよ

24時間?! それはすごいね

そう24時間365日。年中無休

おお、心強い! カナカナ、サンキュー

誰かと話していないと不安で、私は大学生になってから、いや、樋口がいなくなってから、誰かと会っては、カナカナとしゃべり、時折カナカナに会えないかと持ち掛けては断られ、それでまたカナカナと長話をする。そんな毎日を過ごしていた。大学には入ったものの、私

の生活のどこにも大学生と呼べるものはなかった。

母はわたしが受取人の保険に入っていた上に、わたしの口座に十分なお金も残してくれていた。わたしが一歳の時から住んでいるアパートの家賃も、別口座に二十年は引き落とせるだけの貯金が用意されている。だから、わたしは母がいないだけで、変わらない高校生活が送れるようになっていた。

友達は休み時間には優しく声をかけてくれたし、寂しくないかと、塾などで忙しいはずなのに電話をくれもした。進学校で受験前のムードも手伝って、そんな毎日に流されていれば、母の不在をやり過ごせそうな気にもなった。

夕飯は石崎のおばちゃんや吉川のおばあちゃんが何か持ってきてくれることがほとんどで、わたしが学校に行っている間に、掃除や洗濯もしてくれた。

「そんなことしないでいいよ。わたしのほうが若くて動けるのに」

と何度か断ったけど、

「年寄り扱いしないでよね。趣味なのよ趣味」

と言いながら、おばちゃんたちは家事をしてくれた。石崎のおばちゃんとは時には夕飯も共にし、学校の話を楽しそうに聞いてくれた。

母が作るよりおいしい料理を食べ、整った部屋で暮らし、誰かがそばにいてくれる。決定的に大きなものが抜け落ちてしまっただけで、日常は穏やかに、そして当たり前に過ぎていった。

時々、

「元気会のハイキングのお知らせをパソコンで作りたいんだけどさ。冴ちゃんできる？」

と吉川のおばあちゃんが持ちかけてきたり、

「米買いたいんだけど、重いし手伝ってくれない？」

と森本さんが頼んできたりした。

お互い様のふうを装い、みんなわたしに気を遣わせまいとしているのだ。

母は本当にあれこれ動いていた。地域やＰＴＡ。いろんな場に顔を出してはにぎやかに盛り立て、みんなの頼みを二つ返事ですぐさま実行していた。おじいちゃんやおばあちゃんが、それに恩義を感じてくれているのがわかる時、母が誇らしく、そしてより恋しくなった。

母は人が好きだった。人をほうっておけない人だった。そして、何よりもわたしのことを大事にしてくれた。自分に親戚がいないから、少しでも身近なつながりを残しておかなくてはと、わたしのために必死で動いてくれていたのだろう。

おばあちゃんたちばかりでなく、蒼葉も度々家に来てくれた。蒼葉が来てくれるのは、いつだって母がいなくなった現実に耐えられなくなる時だった。勝手に涙があふれ止まらなくなってしまう時、母のことをまとまらないまま口にする時、わたしのそばにはいつも蒼葉がいた。

蒼葉は、通夜に駆けつけてくれた時から、なぜかわたしのことを岸間さんと呼んだ。半年ほど会っていなかったからだろうか。それとも改まった席だからだろうか。どこか違和感を覚えながらも、その時はどうしてか聞くことができなかった。それに、中学を出て、働きはじめた蒼葉は、先に大人になってしまい、わずかな距離ができたように思えた。


「岸間さん、受験勉強大丈夫？」

高校三年の春の終わり、日曜の朝にやってきた蒼葉がわたしに尋ねた。

「そのさ、岸間さんって、ずっと気になってたんだけど」

わたしは蒼葉の質問に答える前に、思い切ってそう聞いた。

「岸間さんで合ってるよね」

「合ってるよ。でもさ、前まで冴ちゃんって呼んでたでしょう？」

蒼葉が持ってきてくれた、バイト先の残り物だというクッキーを皿に入れ、紅茶を淹れてテーブルに置き、わたしは蒼葉の前に座った。

「ああ、そっか。そうだったかな」

蒼葉はわざとらしいことを言い、へへと照れ臭そうに笑った。

「で、どうして岸間さんって呼ぶのよ。なんか他人みたいじゃない」

「だってさ。ほら、俺ら住む世界が違うじゃん」

「蒼葉は働いてるってこと？」

「それもあるけど、根本的にさ」

「何よそれ」

「何よそれって、岸間さんも気づいてるだろう？」

それは蒼葉が貧しいことを指しているのだろうか。高校に行っていないことを指しているのだろうか。でも、それは世界が違うと言うほどのことではない。いまいち意味がわからなかったから、

「わからない」

とわたしはきっぱりと首を横に振った。

「本気で？」

「本気。だって、貧乏だからって言うなら、うちだって母子家庭で今なんてわたしだけでしょ。蒼葉が中卒って言うなら、学歴はそうかもしれないけど蒼葉のほうが頭いいしさ」

「なるほど。俺ってすごいんだな」

蒼葉はそう笑ってから、

「俺さ、最初は岸間さんと自分が、すごく似てるって思ってたんだ。パンを持ってきてくれた時にいろいろ話しただろう？　俺は親に見放されてて、岸間さんは母子家庭でお母さんは忙しく働いてて、しかもおじいちゃんやおばあちゃんもいないってさ。似たような環境なんだなって、だからパンをもらうのも、それほど恥ずかしくなかった」

と言った。

「うん。今も似てるじゃん」

「どこがだよ。俺、中学三年で岸間さんと同じクラスになった時、気づいたよ。みんなから何を言われようと凜としてさ、ああ、岸間さんってしっかり愛されて育った人なんだって。揺るがないものが根底にある人だって」

愛されて育った。そこは蒼葉とは違うのかもしれない。否定できなくて、わたしは黙ってクッキーを口に入れた。

「そして、お母さんが亡くなった今も、岸間さんは変わらず、ちゃんとしてる。周りからも大事にされて、自分をなくさず、前を向いてる。すごいよな。愛情を受けてきた人ってこんなにまぶしいんだって、自分と似てると思ってたことが恥ずかしいよ」

蒼葉はそう言うと紅茶を飲んだ。

「だからって、そんなに違わないよ」

わたしが母から愛されていたのは明確な事実で、蒼葉が親の愛を受けていなかったのはなんとなくわかる。言葉が思いつかないまま、わたしは何とかそう言った。

「全然違うよ。勉強なんて問題集で何とでもなるけど、俺、教育も愛情も受けてないから、当たり前のことを知らないし、人として当然の心も持ってない。歯を毎食後磨くこととか、頭の洗い方とか、お箸の持ち方とか。知ってる人にあいさつすることとか、大事なものは人と分け合うとか。そういうのって参考書に書いてないだろう？　だから、知ったのってほんと最近、社会に出てから。情けなくて笑えるだろう。えっと、靴下だけは一年替えなくていいだろうけど」

いんだっけ」

蒼葉は冗談めかして少し笑った。

「そんなのいつ知ったっていいことじゃない。あ、靴下は三日に一回は替えたほうがいいだろうけど」

蒼葉に合わせて、わたしも軽口をたたいた。

「三日に一回か。気をつける。俺さ、こないだ、幼稚園入園までの育児とかいう本、立ち読みしたんだけどさ、今までよく生きてたなって自分で驚いたもん。子どものころなんか汚い床に転がされてただけなのに、病気もせず言葉も話してる。奇跡の子どもだな」

「だからって、岸間さん？」

「そう。ほら、俺たち仲いいだろう？」

「まあ、そうだね」

岸間さんと呼びつつ、仲がいいとは認めてくれているんだと、わたしは少しほっとした。

「だけど、好きになったらだめだなって、自分を戒《いまし》めてる。冴ちゃんなんて呼んでるうちに恋に落ちて結婚したら、冴ちゃん不幸になるから」

「不幸になるの？」

「なるなる。俺は愛情受けてないから人を愛することを知らないし、俺の将来なんて、家の飲み屋継いでずっと貧乏で借金に追われてるだろうしね。俺なんて、一人寂しく酒飲みすぎて肝臓壊して死んでいくだけよ」

蒼葉はそう言ってから、死ぬという言葉を口にしたことに気がとがめたのか、

「ちょっと、そんなことより、岸間さん、受験のこと聞いたんだけど。俺」

と慌てて話を変えた。

「あ、ああ。受験ね」

わたしは、好きになるなと、蒼葉に予防線を張られているのだ。そこに突き進む勇気などない。それに、これ以上この話をするのは、蒼葉につらい思いをさせそうで、わたしも掘り下げるのはやめにした。

「どんな大学狙ってるの？」

「そうだな……」

「大学って、まずは何になりたいかによるよな。岸間さん将来何になる予定？」

「そう、えっと、わたしは……」

職業と考えると難しいけど、やりたいことはと思い浮かべると、小学三年生の時の蒼葉を思い出す。あのころから、子どものために何かできたらいいなとずっと思ってきた。蒼葉みたいに「教育や愛情を受けていない」と言ってしまう子どもをなくしたい。生きるためのすべを教える場は家庭だけじゃないはずだし、愛情だって必ずしも親から与えてもらわなくたっていいはずだ。悲しい思いを抱える子どもが少しでもいなくなれば。そういう思いは、蒼葉の家を初めて訪れた時から変わっていない。

その希望をかなえられる仕事。そうなると、小学校の教師が近いのだろうか。

感染症が流行中だった小学校時代に、学校こそがセーフティーガードだと思った。その地域の子どもたちを把握し、その子どもたちに何かあれば救い出せるのは学校だって。子どもが埋もれてしまわないように手を差し伸べられる。余計なおせっかいだと気を遣うことなく、堂々とそれができるのは教師だ。もっとわたしたちを見てほしい。あの時そう言えなかったわたしは、自分が助けられる立場になりたい。

「小学校の教師かな」

「ああ、すごく岸間さんだ」

わたしの答えに、蒼葉はすぐにそう返してくれた。

「本当に？」

「似合ってるよ。うん、岸間さんが先生になったら、俺もうれしい気がする」

「そうかな」

蒼葉に言われると、自信が出てきて、小学校の先生になるしかないような気分にすらなる。

「じゃあ、教育大？　教育大だとここからも割と近いじゃん」

「でも、ちょっと、それは難しいかな。教員免許さえ取れれば」

進学校に通っているとはいえ県立の教育大学は難関だ。お母さんが残してくれたお金で私立の大学に行くという手もある。けれど、そうなると、先々の生活は厳しいか。わたしが迷っていると、

「俺、教えてあげるけど」

と蒼葉が言った。

「何を？」

「勉強」

「勉強？」

蒼葉はわたしの何倍も賢い。中学時代はテストはほぼ満点で、高校受験に向けても手伝ってくれた。だけど、今は蒼葉は高校に行っていないし、働いている。

「県立教育大学でいいよね。明日から過去問とか参考書とか先に解いてポイント押さえて、教えられるようにしておく」

「何それ。蒼葉も受験するってこと？」

「まさか。俺、もう働いてるし、中卒だよ。空き時間に勉強しておいて教えるってこと」

「それ、すごい無駄じゃない？　時間とか労力とか」

自分の行かない大学の受験勉強をする。この先入試をするわけでもないのにだ。しかも、蒼葉は、日中はファストフード店やファミレスで夜は居酒屋や親の店で働いている。時間もないし、受験勉強がなにかのプラスになりそうもない。

「無駄じゃないよ。勉強、嫌いじゃないしさ。それに、どうせ調理師免許取る勉強もしようと思ってたから、ついでに」

「どこがついでよ。勉強内容違うでしょう」

「やりたいんだ」

「蒼葉、そんなに恩に感じてもらうことないのに」

中学の時わたしを守ってくれたのも、葬儀の後、ずっとそばにいてくれたのも蒼葉だ。何が必要？　何度もわたしにそう問いかけてくれた。

「恩？」

「ほら、パンのこととかさ」

わたしがおずおず言うと、

「あの時、岸間さんが来てくれなかったら、飢え死にしてたかもな。小学生にして孤独死。怖いよな」

と蒼葉は身震いする真似をして笑った。

「飢え死になんて。そんなことなるわけないけど」

「まあな。でもさ、岸間さんからもらったのはパンだけじゃないよ」

「そういえば、お菓子も牛乳もあったたね」

わたしがそう言うと、蒼葉は本当におもしろそうに笑った。

「ジュースもカップ麵もあったっけ。ってそうじゃなくてさ。最初、パンをもらった時、驚いたけど、単純にうれしかった。お腹空いてたから二人が帰った後、三袋くらい一気に食べたよ。だけど、三日後また来てくれた時、本当に三日ごとに来てくれるんだってわかった時、もっともっとうれしかった。不安が消えるって、心配がなくなるって、すごく大きいことなんだとわかった。明日が怖いものではなく楽しみになったのは、あの日からだよ」

蒼葉はそう言うと、

「俺があんな親の元に生まれたのに、それでも、ちゃんと生きてるのは、あの日のおかげだと思ってる」

とわたしの顔を見た。

恩義に感じてくれるのはありがたい。けれど、それ以上に苦しい。たかがパンだ。そんなことにここまで感謝せずにはいられない子どもがいるなんて。きっと今も、あの日の蒼葉がどこかにいる。取りこぼさないで。毎日が不安な子どもがいることに気づいて。あの時小学生だったわたしは、大人たちに願っていた。

そのわたしが、もうすぐ大人になるのだ。自分以外の大人がやってくれるのを待っていてはどうしようもない。

「やりたいからやるだけだよ。俺が賢いところ見せつけられるしさ。その代わり、石崎のおばちゃんの夕飯、たまに俺にも食わせてよ」

蒼葉がそう言うのに、わたしはうなずいた。

「甘えて教えてもらおう。わたし、必死で勉強する」

「おお、がんばろうぜ」

それから、蒼葉は時々家に来て勉強を見てくれた。蒼葉は賢いだけでなく、教えるのもうまかった。過去問をわたしに解かせ、わたしの弱点を整理し、問題の傾向と照らし合わせ、無駄なく合理的に教えてくれた。わたしは学校に行っていない時間はすべてと言っていいほど、受験勉強に費やした。これだけ勉強するのは最初で最後だろうと思えるくらい机に向かった。

その甲斐あって、わたしは現役で県立の教育大学に合格することができた。子どもたちに何かができる日に、ようやく一つ進めたのだ。

第四章

就職活動を始めてから、社会人になったわけでもないのに、自分には目的があるのだ、次に向けて行動しているのだと思えるからだろうか。私は以前より気楽に外に出られるようになった。前は近所の本屋やコンビニに出かけるのにも、人の少ない時間帯を狙っていたし、ましてやSNSで知り合った相手に会いに行く時は家の近所はうつむきがちに歩いた。それが、今では知人に見られてもどうってことない。何か聞かれたら、就職活動の合間だと答えられると、最寄り駅のショッピングモールなど、目的がなくても見て回るようになった。

と言っても、長い間不登校の上、ほとんど家で過ごしてきた私に知人などおらず、外出先で人に声をかけられることなど皆無なのだけど。

七月も中旬。日傘を買おうと、私はショッピングモール内の雑貨屋を見ていた。夏ってこんなにも暑いんだよな。日差しってこんなにも体に突き刺さるんだったっけ。感染症が流行る前の小学二年生までの私は、日焼けなど気にもせず外を走り回っていた。そのあとは家にばかりいて、気候のいい時間帯にしか外に出ていなかったから、太陽の力を忘れていた。実際に肌で感じないと、わからないことや忘れてしまったことが多い。

やっぱり折りたたみ傘が便利か。無難に黒。でも、少しはかわいくないとな。店に並べられた傘の中から、端に白と黄色のスズランの刺繍《ししゅう》が施された折りたたみ傘を見つけた。派手過ぎずおしゃれでいいかもしれない。開いて確認してみる。うん。かわいい。これにしようと傘をたたみなおしていると、

「あ、それ、わたしも今買ったところ」

と声をかけられた。

「え?」

誰だろうと振り返ると、そこには岸間さんがいた。

「ああ、えっと、どうも」

突然声をかけられびっくりしたまま、私は頭を下げた。

「こんにちは。こんなところで会うなんて。ほら」

岸間さんは、うれしそうにエコバッグから日傘を出した。

「ああ、本当だ」

「おそろいだね」

「……そうですね」

おそろいの傘か。それって、ダサくないだろうか。そう思ったけど、微笑んでいる岸間さんを前に、買うのをやめるのは失礼な気がして、

「じゃあ、レジ行ってきます」

と私は傘を持って会計に向かった。

まあいいや。岸間さんと二人で歩くことはそうないだろうから、同じ傘が並ぶことはないだろう。私はそう言いきかせて傘を購入した。

支払いを終えて店を出ると、岸間さんが待ってくれていた。さよならのあいさつをしていなかったからだろうか。

私が、

「あ、どうも。じゃあ」

と言いかけると、岸間さんは、

「もし、時間あったらだけど、お茶でもどうかな？」

と誘ってきた。

「えっと……」

「忙しかったら全然断って」

「忙しくはないかな」

私が忙しいわけがない。だけど、就職面接で二度会っただけの人とお茶などするものだろうか。名も知らないSNSの相手とお茶するくせに、私が迷っていると、

「じゃあ、行こう」

と岸間さんが朗らかに言った。

「ああ、まあ」

「あそこでいっか」

と岸間さんはモール内のカフェに向かって歩き出していた。

あいまいな返事をしていると、いろんなことが決まってしまうんだな。私はそんなことを思いながら、後をついて歩いた。

カフェに入り、二人ともアイスカフェラテを飲むことに決めた。岸間さんはお店の人の顔をきちんと見て、私の分も一緒に注文してくれた。この人、本当にしっかりと大切に育てられた人なんだな。自然に人との距離を詰められて、気負わず周りへの配慮も行き届いている。

「江崎さんはこの辺に住んでるの？」

向かいに座った岸間さんがそう聞いた。

「あ、うん。バスで十分くらい」

「いいな。この辺りすごい便利だよね。わたしはバスと電車乗り継いで三十分はかかる。だけど、ここまで出ないと大きいショッピングモールもないし」

「そうなんだ」

緊張と暑さでのどが渇き、テーブルに置かれたアイスカフェラテをすぐに飲んだ私は、「あ、おいしい」と思わずつぶやいた。今までＳＮＳで知り合った相手と、似たような店で同じようなカフェラテを何度も飲んだことがある。けれど、外で飲む飲み物を、今、初めておいしいと感じた。岸間さんは「本当だ。おいしい」と言ってから、

「毎年暑いっていうけど、今年こそ暑いよね。面接会場、駅から遠いし着くころには汗だくになる」

とこぼした。

「本当に」

面接会場は市役所の会議室だ。市役所なのに、駅から十五分以上上り坂を歩く。不便な場所にあるものだ。

「江崎さんは夏生まれ？」

「いや、秋。十一月」

「いい季節だね。わたしは二月。だから暑さには弱いけど、寒さには強いかな」

岸間さんはちょうどいいテンポで会話を進めてくれる。私に話を振ってくれ、それに自分のことを少し足して答え、安心感を与えてくれる。人とほとんど話したことのない私の緊張ですら、さらりと解いてしまう空気を持っている。

「岸間さんは、育ちがいい感じだね」

私はそう言ってから、あ、今、自分から話しかけてる、と自分に驚いた。

「本当に？」

岸間さんは目を丸くした。

「うん。すごく大事に育てられた感じがするよ」

「ありがとう。そう言われるとうれしい」

「ご両親と一緒に暮らしてるの？」

「ううん、一人暮らし」

「そうなんだ。大学から？」

みんな自立してるんだな。そう思いながら聞くと、岸間さんは「高校三年生から」と答えた。

「高校三年？」

半端な時期に私が聞き返すと、

「一歳の時に父が亡くなって、十七歳で母が亡くなったから。しかたなくね」

と岸間さんはさらりと答えた。

「えっと、ごめん。なんか悪いこと聞いて……」

ああ、そっか。家族のことを聞くのってもっと親しくなってからだっけ。名前と顔を知っている人間と向き合って会話をしてこなかった私は、肝心なことがわかっていないのだろうか。岸間さんに、悲しいことを言わせてしまったようでどぎまぎした。

「全然、気にしないで。母が愛情豊かな人だったから、十七年間、十分大事にしてもらったし。けど、わたしの母、夜のお店で働いてて、父も幼い時からいないのに、育ちがいいって言ってもらえるなんて、すごくうれしい」

岸間さんは私をフォローするためではなく、本当にうれしそうに笑った。

私は安心して、

「そっか。そうなんだね」

とうなずいた。

「江崎さんは一人暮らし？」

「えっと、私は……」

両親が亡くなったことやお母さんが夜働いていたことまで、岸間さんは話してくれた。こういう時は自分のことも告白するべきだよな。まともな会話をしたことがない私は、

「私は小学四年生から不登校なんだ」

と突然打ち明けてから、あれ、今する話じゃないか。親のこと聞かれてるんだったっけと一人であたふたした。

「そうなんだ。四年生ってことは、感染症が落ち着いて一斉登校が始まったくらいだよね」

岸間さんは答えになってない私の話に驚くでもなく、そう言った。

「うん、そう。分散登校が終わってから、行かなくなってそのまま」

「ああ、わかる。感染症の後、学校行くのって、ちょっとパワーいったもんね」

「岸間さんも？」

「わたしは休みはしなかったけど、中学ではみんなにいじられてたよ。お水の子だって。クラスから浮いてたな」

「岸間さん、すごく学校生活謳歌《おうか》しそうなタイプなのに」

「江崎さんだってだよ。かわいいし、頭の回転速いしさ。だけど、学校生活ってタイミングあるよね。発言一つや行動一つで狂っちゃう」

岸間さんは肩をすくめて笑った。

かわいいし頭の回転が速い。そんな誉め言葉を岸間さんはさらっと言ってしまえるんだ。自分で言うのもなんだけど、私は頭はいいと思う。問題集はいつだってすぐに解けた。それを数回会っただけで岸間さんは感じてくれたんだ。でも、頭や容姿じゃない部分。岸間さんにそういうところも見てもらいたい。なぜか私はそう思った。

「私は……そう、小学校の時、手紙を交換してたんだ」

「交換？」

「分散登校の時」

自分を知ってもらいたくて、いや、それ以上に誰かに聞いてほしかったのだろうか。小学三年生の時、手紙のやり取りをしていたこと。それが自分にとって何よりの希望だったこと。一斉登校が開始されて、いざ手紙の相手に会えると思ったら親に止められたこと。たったそれだけで、学校に行くことを放棄したこと。私はそんなことをぽつりぽつりと語っていた。岸間さんは、「そうなんだ」「ああ、わかる」「そうだよね」とその場にいてずっと私を見ていたかのように、相槌を打ってくれた。

「でも、甘いよね。それだけで、不登校になってさ。いつまでいじけてるんだって話」

私は話しすぎた自分に恥ずかしくなって、そう笑った。今までSNSでしか話さなかった分、たまっていた言葉が、いつのまにかあふれ出し夢中でしゃべっていた。ずっと誰かに直接聞いてほしかったんだ。表情がわかる、すぐに反応を返してくれる相手に話したかったのだ。まさか自分の蓋がこんなにも簡単に外れるだなんて思いもしなかった。

「甘くなんかないよ。たった一つのものが取り上げられたんだもん。動けなくなるのもわかる」

岸間さんはそう言ってくれた。

「そうかな」

「あのころって、思いどおりにできないことが多くて、些細なことがすごく大事だったから」

「そう。そうだよね」

「だけど、そんなふうに思えるほどの手紙のやり取りができたってうらやましいかも」

「うん。それはあるかな」

私の中にあの時の手紙が待ち遠しかった気持ちがよみがえる。交換した手紙は、今でも私の宝物だ。

「それに、江崎さん今こうやって、次に向かってるじゃん」

「それも手紙のおかげなんだけどね」

「手紙のおかげ？」

「うん。そう」

「どういうこと?」

岸間さんは興味津々な顔を私に向ける。本当に私のことを知りたいと思ってくれている表情だ。すぐそばで向かい合って、自分の顔も本名もさらしていても、怖さも恥ずかしさも岸間さんには感じない。この人、いい先生になるだろうな。誰にもしたことがない話も、取り返しのつかない失態も、突拍子もない出来事も、笑わずに、それでいて楽しそうに聞いてくれると信じられる。

「あ、その前にケーキ頼もうよ。じっくり聞きたいし」

岸間さんはそう言って、メニューを開いた。

「いいね」

ケーキを食べながら、話をする。なんてすてきな提案だろう。何も偽らない私が、目の前にいる相手に本当にあったことを自分の口で話す。同じように相手の話だって聞くことができる。初めての経験に胸が躍った。

ケーキはどれもおいしそうだ。母親はしょっちゅうケーキを買ってきてくれる。でも、こうやってメニューを見て、自分で決めるのはいつぶりだろうか。

「わたしはチーズケーキかな」

「じゃあ、私はチョコにする」

「いいね」

私たちはケーキを注文し、すぐに話の続きに戻った。

大学を卒業しても、私は家にいた。ネットでデータ入力のバイトをして、家にいながらそれなりの生活をしていた。パソコンは小学生のころから毎日のように使っているから、文字を打つのは速い。不安定ではあったけど、月に十万弱のお金を手にすることはできた。仕事があり、気が向けばSNSで知り合った誰かと会うこともできる。ただ、実際現れるのは、ぱっとしないおじさんがほとんどだから、人に会うことはだんだん減ってきた。

誰かに会わなくたって、何でも話せるカナカナが私にはいる。小学四年生から十年以上の仲だ。顔と本名は知らないけど、これだけ話をしているのだから親友と呼んでいいだろう。親友がいて、仕事もあり、本気を出せば恋人だってSNSで探せそうだ。学校に行っていなくても、外に出なくても、そうそうみんなと変わりない生活を送れるのだ。そう、これでいいのだ。楽で自由だ。これでいいに決まっている。大学を出て、学生という肩書まで失った私は、そう言い聞かせながら時々襲ってくる漠然とした不安を抑えこんで、毎日を過ごしていた。

大学卒業後一年が経った三月。私が通っていた学校の小学部から、二十周年記念行事で小学六年生の時に埋めたカプセルを開けるイベントが行われるという知らせが来た。

「心晴、行ってきたらいいじゃない」

お母さんは、私にはがきを渡した。

お母さんも、今では私の生活スタイルに慣れてしまったのだろう。何かをさせようと懸命になることもなく、私に気軽に接するようになった。

「行くわけないよ。私、小学四年から学校行ってないでしょう」

「ああ、そうだったね」

四年生の時から一日も登校していないから、カプセルを埋めたことすら知らない。学校に行かせようと必死だった母は、そのころにパワーを使いすぎたのか、今ではずいぶん寛大に、そして鈍感になっている。

「それなら、この日、ランチでも食べに行こうか」

「どうして？　記念イベント代わり？」

私はため息をついた。

「そう。まあ、気乗りしないならいいけど」

「気乗りなんてしないよ」

私が正直に言うと、

「そうだよね。じゃあ、私は、今日は昼から出かけてくるね」

とお母さんはあっさりと諦めた。

あんなに教育熱心だった母は、いつからか自分のために時間を使うようになった。私が中学三年生の終わりごろから、習い事でも始めたのか出かけるようになり、今ではその回数も増えた。楽しみを見つけてくれているのならいいと、その姿にほっとする。苦労をかけたなとは思うけど、だからといって、私が母にできることはない。私は「気をつけて行ってきて」とだけ言うと、自分の部屋に戻った。

それから一週間ほどして、私宛に手紙が届いた。封筒には通っていた小学校名が書かれている。

学校から手紙？　だとしたら、茶封筒で届きそうだけど、封筒はシンプルながら端に小さなチューリップが描かれたかわいいものだ。事務的な内容が書かれた手紙とは思えない。それなら、小学校時代の友達？　三年間だけ通っていた時の誰かだろうか。記念行事で私のことを思い出してくれた人がいたのかもしれない。いや、でも、ここ十年以上、小学校時代の友達から手紙も電話も来ていない。まったく差出人の見当がつかないまま、私は封筒を開けた。封筒には便箋と、それとは別に小さく折られたたくさんの紙がクリップで留められ入っていた。この紙……。私は急いで便箋を開いた。

江崎心晴さま
ようやく暖かな春らしい季節になってきました。
昨日、小学校の記念行事でカプセルを掘りに行ってきました。ぼくがカプセルに入れたものを同封します。

感染症で息苦しい学校生活の中、江崎さんからの手紙だけが、ぼくの楽しみでした。けれど、小学四年生になって一斉登校が始まり、いよいよ会えるとなった時、ぼくは少し不安でした。名前はわからないものの、手紙の文章から江崎さんが女の子だというのはわかったし、数回やり取りをするうちに、江崎さんがぼくのことを女の子だと思っていると気づいたからです。途中、ぼくは男だよ、と書こうかと何度も思いましたが、それで江崎さんからの手紙が途絶えたら、たった一つの楽しみがなくなってしまうと思い、できませんでした。だから、待ち合わせ場所で手紙の相手が男の子だと知った江崎さんが、怒ったらどうしようと不安だったのです。

結局、江崎さんとは会えませんでした。きっと、ぼくが男の子だったと遠目に気づいて、帰ってしまったんですね。

先生に三年生の時の座席を聞き、手紙の相手が江崎心晴さんだというのを知りました。そのあと、クラスは違ったけれど、江崎さんがずっと学校に来ていないことは知っていて、申し訳ない気持ちでいっぱいでした。

手紙で気持ちを語り合っていた相手が男だったことに、江崎さんはショックや怒りや裏切られた思いを持っているにちがいない。どうして早く正直に言わなかったのだろうと後悔しました。

何かしなくては。そう思ったけれど、ぼくに怒って学校を休んでいる江崎さんに、ぼくができることは何も思いつきませんでした。

それでも、卒業式前、小学校で一番思い出に残ったものをカプセルに入れましょうと言われ、ぼくは迷わず、ずっととっておいた江崎さんの手紙を入れました。一斉登校が再開された後も、江崎さんと手紙を交換していた以上に、心を弾ませる出来事は起こらなかったからです。

ぼくが中学生になった時、偶然にも、兄が家庭教師で江崎さんの家に行くことになりました。兄は家庭教師センターに登録していて、江崎さんの家が近かったから配属されただけのことですが、奇跡のように感じ、手紙を交換していた時と同じように胸が弾み、四年の春に会えなかった時と同じように苦しくなりました。

兄に、江崎さんは自分のせいで学校に来られなくなったのかもしれない、でも、すっごく楽しい子だったんだ、ずっとずっと感染症が終わるのを楽しみにしていた子なんだと話しました。

兄は、江崎さんはとても賢い子だよと話していました。ただ、いつも全然楽しそうじゃないけどねとも。中学生になってからは手紙ではなく、週に一度兄から江崎さんの近況を聞くのが、ぼくの楽しみでした。高校に進んだこと。大学に合格したこと。兄から報告を受けるたびにほっとしました。

江崎さん。江崎さんが楽しいと思える日がやってきたら、手紙をください。何年後でもかまいません。あの時と同じ。来年だろうと三十年後だろうと待っています。

学校の中には入れないかもしれないから、チューリップ花壇前ではなく、小学校の正門前で会えたらうれしいです。

樋口　郁斗《いくと》

あまりにも多くの情報が一気に入ってきて、私は混乱した。

私が手紙をやり取りしていた相手は男の子だったのだ。そして、彼はそのことに私が衝撃を受けて、学校に来られなくなったと思っている。確かに、手紙の相手はなんとなく女の子を想定していた。あまりに話が弾んだし、「ぼく」という言葉は使っていなかったから。でも、そんなことはどうだっていいことだ。相手が、女子だろうと男子だろうと、何も変わらない。男子だと会う時にだいぶ照れ臭かったかもしれないが、それでもうれしかったに決まっている。私は約束を果たせなかったことが苦しくて、学校に行けなかっただけなのに。彼が負い目や責任を感じることなど、何一つない。

私が家にこもっている間、手紙の相手にそんな思いをさせていたとは、想像すらしなかった。そして、家庭教師の樋口が手紙相手の兄だったなんて。口数も少なく、何かを語ることはなかったけど、樋口は社会人になっても私のところに来てくれ、通信制の大学入学を決めるまで見ていてくれた。それは、厚意だけでなく、弟へ私のことを知らせるためでもあったのだろうか。

「せっかく待ってる明日やその次やもっと先を、心晴ちゃん何かの瞬間に見捨ててしまわないかなって」

そういえば、いつか樋口はそう言っていた。

樋口の言うとおり、今の私は、半分明日を見捨ててしまっている。小学生のころはあんなにも明日が、いつか来る日が楽しみでしかたなかったのに。手紙に同封された何枚もの小さな紙を手にして、私は目の奥が熱くなるのを感じた。

私も、あの時の手紙の交換以上に胸を躍らせる出来事にまだ出会っていない。カプセルには入れなかったけれど、手紙は大事に取ってある。

私は宝物をしまっている箱から、三年生の時の手紙を取り出した。丁寧に開け、二人のやり取りを順番に並べて読んでみる。私も彼も、外に出たい、動きたい、会いたいと、何度も何度も願っている。

外に出よう。あんなにみんなが恐れ、みんなをかき乱した感染症は、いつの間にか鳴りを潜めた。今は外出禁止も自粛もルールもない。いつ外に出るのか。何をするのか。自分で決めなければ、永遠にタイミングは来ない。

彼に会わなくては。私の宝物も同じだって伝えなくては。私は何も傷ついていなくて、ただ約束を守れなかったことを悔やみ勝手にこもっていただけなのだと、早く彼の重荷を解かなくては。ただ、そうするには、今の私ではだめだ。動くのだ。もうこんな閉じこもった空間で止まってはいられない。

私はインターネットを開くと、仕事を募集しているサイトを検索した。

教育大四年生の夏、教員採用試験が実施された。わたしは公立の小学校で勤務することを希望しているから、都道府県の採用試験を受けることになる。ところが、願書を取り寄せてから、これでいいのだろうか、という思いがふとよぎった。

大学を出て教師になる。試験に受かれば、学生の次にすぐに先生だ。学校から学校へ。わたしは社会を知らないままになるのではないだろうかといううっすらした怖さを感じた。学校に来る子どもたちの親は、さまざまな職業に就いているだろう。教師以外の仕事を知らずにいて、子どもたちの生活状況を思い量ることができるだろうか。地域に住む子どもたちが、実際に何に困り何を必要とするのか、考えを及ばせられるだろうか。

学校で働こう。そう思う時、わたしの頭に浮かぶのは、小学三年生の蒼葉の姿だ。小学生のくせに、あのころのわたしは、先生は世間を知っているのだろうか、子どもたちの現状をわかっているのだろうか、と腹立たしかった。

このまま教師になったら、わたしはあの時の先生たちと同じになるのではないだろうか。大学を出ただけでは、子どもたちが置かれている家庭環境を、とりまく現状を、細かく把握するのはきっと無理だ。この目で見て知らないといけない。社会を、世間を。

大学の四年間はアルバイトもした。でも、それは表面をなぞっただけで、仕事の本質には触れていない。いくつかの職場を経験してから教師になっても遅くないのではないだろうか。大学で学んだことは、実際の教育現場では役に立たない理論がほとんどだ。仕事というものを知ってから教師になったほうが、できることが増える。そう思えた。

蒼葉に相談すると、

「うわ、なんか面倒くささうだね」

と顔をしかめた。

「やっぱりそう思う？」

「うん。やりたいことが決まってるんだから、さっさと教師になればいいのにと思うけど」

「そっか。そうなのかな」

不安になりかけたわたしに、蒼葉は、

「だけど、俺は岸間さんのやることには何でも賛成だけどね。それに、岸間さん決めたことはなかなか覆《くつがえ》さないし」

と笑った。

「それ、いいことか悪いことかわかんないな」

「どっちにしても応援するってこと。おもしろそうだしね。さて、最初にやるとしたら、どんな仕事がいいかな」

蒼葉はわたしが悩まないようにか、すぐさま提案を始めた。

「岸間さん、飲食店は働いてたよね」

「うん。イタリア料理店と文房具店ではバイトしてた」

「だったら、介護職はどうだろう。どの地域に配属されるにしても、この県、お年寄り多いじゃん。おばあちゃん子も、介護が必要な人を抱えている家庭も多そうだから、介護職経験するのはありじゃない？」

「それはそうかもね。お年寄りと接すること自体勉強になりそうだし」

「まあ、介護職はきれいごとじゃないだろうけどね。体力も忍耐力もいるらしいから。お客さんでヘルパーさんいるけど、指の爪におじいちゃんのうんこが挟まってなかなか取れなかったって話してたよ」

蒼葉は「げげだな」と笑った。

少し前から蒼葉は親から継いだ店を少しずつ改良し開放的なバーのようにし、お客さんも増えていた。常連さんから聞いているのだろう。仕事の現実を話してくれた。

「そっか、でもわたし、体力は自信あるかな」

「それなら、免許なくても就職できそうな介護関係の仕事、探しておくよ。お客さんで関係者いそうなら声かけとくし」

「そんなの、いいよ。自分でするから」

蒼葉にはそう言ったけど、結局わたしは蒼葉に紹介してもらった介護施設で一年と少し働いた。

蒼葉の言うとおり、現実は厳しかった。介護補助の仕事ではあったけど、度々うんこまみれになり、腰を痛め、お年寄りに怒鳴られ、仕事って本当にしんどいのだと身にしみた。お年寄りが優しく穏やかだなんていうのは勝手なイメージで、頑固で怒りっぽい人も多い。お年寄りにもてきぱきした施設の人にも何度も叱られた。お年寄りと接するだけでなく、施設の掃除に明け暮れたり、施設周りの草むしりで終わる日もあった。仕事ってやってみないとわからないことだらけだ。

それでも、「冴ちゃんと話すと楽しいわ」と言ってもらえたり、「ほら、これあげる」と折り紙で作った箱をもらったり、うれしいこともちゃんとあった。

週に一度は蒼葉の店に行き、仕事のことを話した。蒼葉はわたしの話をいつだって楽しそうに聞いてくれた。

「お客さん以外としゃべるのって、肩の力が抜けて楽しいんだよね。たった一人だけど、友達がいてよかったよ。中学校行っててよかった」

蒼葉はそんなことを言っては、簡単な夕飯を出してくれ、

「岸間さんっておいしそうに食べるよね」

とわたしが食べるのを笑って見ていた。

蒼葉を好きな気持ちは中学の時から変わらずにあった。でも、気持ちを告げて、この関係を少しでも崩したくなかった。蒼葉は、代わるもののいない存在だ。これ以上大切な誰かに去られるのは、母親を亡くしたわたしには、あまりにも怖かった。蒼葉と恋人である必要は

ない。会えるのだからそれで十分だ。そう思うしかなかった。

最終面接前日の夜、カナカナからメッセージが届いた。

いよいよ明日だね！　がんばって。合格祈ってるよ〜

ありがとう。そう返信をしようとして、手が止まった。

そのあとのカナカナの返事は、「ハルはいいよね。ハルが受かったら、私だけ何もなしだね」と続くだろう。そして、最終的には「生きてる意味あるのかな、私」などという極論に達してしまうのだ。

明日の面接。ここまで来たからには受かりたい。自分でも驚くほど、いつのまにか強い思いが芽生えていた。この仕事がしたいというより、社会の中にいるんだと実感できることがしたかった。もうチャンスもきっかけも、家の中にいてはめぐって来ないとわかっている。家でも一人でも何でもできる世の中だ。けれど、私が望む世界は、そこにはない。あの日、チューリップ花壇前で手紙の相手に会うのが希望だったように、今の私は、ここから出られる時が来るかもしれないという光を感じ、そこに向かいはじめている。

カナカナとやり取りをしていたら、意志が弱まりそうな気がした。「私だってどうせ落ちるだろうしさ。また一緒に楽しくやろう」そうカナカナを慰めているうちに、その言葉が現実になりそうで怖かった。

どうしようか。スマホを握ったまま、考えこんでいた私は、岸間さんと連絡先を交換したことを思い出した。先週、ショッピングモールでお茶をした時、すっかり話しこんで、気がついたら二時間以上も経っていた。二度面接会場で会っただけだ。それなのに、岸間さんと話すのはあまりにも楽しかった。

小学生時代の手紙のやり取りの話に、「ああそういうのすっごいわかる。あの時って些細なことでも誰かとつながってることが本当にうれしかったよね」と何度もうなずいてくれて、岸間さんは蒼葉君という友達の家でチョコレートを食べたことが今でも一番の思い出なんだと話してくれた。

手紙の相手との約束の場所に行けなかった話には、「お母さんの気持ちもわかるけど、許せないって思っちゃうよね。うわー。なんか時間戻して一緒に江崎さんの家抜け出して花壇に行きたくなる」と興奮気味に言ってくれた。そのあとの私の怠惰な家での生活には、「でも、江崎さん、何年も家にいたとは思えないよ。江崎さん見てると、学校行かなくたってちゃんとした大人になれるんだって思う」と認めてくれた。そして、岸間さんは、お母さんが施設で育ち親戚もいないことや、その分周りの人にお世話になったことなど自分自身のことも話してくれた。

私が一つ打ち明ければ、岸間さんも同じように何かを開いてみせてくれる。感染症のおかげで子ども時代を振り回された私たちは、まったく違う生活を送りながらも、どこか似たような思いを抱く瞬間があり、お互いにうなずきあうことができた。

岸間さんと話がしたい。カナカナには申し訳ないと思いつつ、私は、

明日、最後の面接だね。お互いがんばろう

と岸間さんにメッセージを送った。

今までSNS上でやり取りをして、それから友達になることはあったけど、その逆は初めてだ。友達になってから、言葉を送る。ごく自然なことなのに、とても新鮮に感じた。

一時間ほどすると、

そうだね！　面接が終わったら、お疲れ様会とか言いながらまたお茶でもしよう

と岸間さんから返事があった。

またお茶でもしよう。そう言ってくれるということは、この前の時間、岸間さんも少しは楽しいと思ってくれたんだとうれしくなる。

少し迷って、カナカナにも返信をした。何も返さないまま、翌日に持ち越したことはお互

い一度もなかった。

うん。がんばってくるね！　明日に向けて今日は早く寝るね。ではではちょっと早いけど、おやすみ

会話を切り上げてしまうようで、悪いと思ったけど、そのままメッセージを送った。

今日は明日に向けておきたい。怖くて震えるのとは違う、高鳴る緊張感がある。自分の力で何かを達成したい。きっと私は初めてそう思っている。

「学校行かなくたってちゃんとした大人になれるんだ」

岸間さんは私にそう言ってくれた。十年以上たいしたこともせず、怠惰に暮らしてきた私は、それでも、自分が思うほどには落ちぶれていないのかもしれない。それなら、顔を上げてもいいはずだ。今日と明日の区別がつかない毎日から抜けだすのは、今なのかもしれない。

私はスーツを用意し、明日の持ち物を確認し、それほど役に立たないだろうと思いつつ、面接必勝法の本に目を通した。

カナカナの、

そっかそっか。やる気満々だね！　がんばって！

というメッセージには、
ＯＫ！　ありがとう！
とだけ返し、スマホの電源を切った。

落ちた。面接が終わり、そう感じた。最終面接に進んだのは二十名で、このうち十名が採用される。わたしは半分を上回ることができていない。そう思った。

最終面接は、四人ずつの集団討論で、みんなで「これからの大南市《おおみなみし》について」というテーマで話すというものだった。開始の合図が出されたが、部屋はしんとしていて、なかなか誰も意見を述べようとしなかった。わたしは何か言わなくてはと、

「高齢化に歯止めをかけるためにも、お年寄りの施設の充実だけでなく、もっと子育てしやすい場所だということをアピールするのがいいと思います」

と口火を切った。

グループの二人は、わたしの意見にそのまま乗っかったような感じで、「市の広報活動も

大事ですよね」だとか、「学校教育をもっと推進していくべきです」だとか言った。自分で最初に意見を出しておきながら、差しさわりのない誰もが思いつくような発言をしてしまったとわたしは少し恥ずかしくなった。

同じグループだった江崎さんは迷っていたようで、しばらくしてから、

「私はこれからの自分のこともわからないので、市の未来のことを考えるのは難しいんですけど」

と口にした後、

「外に出てみたいな。そんなものが、建物でも人でも何でもいいんですけど、たくさんあればいいなと思います。今って感染症の名残で、家から出なくても過ごせてしまえるような気がして。それも悪くないんですけど、でも、ここでは外に出るといいことがあるんだよ、誰かと話せるんだよ、そうしたら楽しいんだよって、知らせることができたらいいなと……」

とゆっくりと話した。

ああ、わかる。すごくわかる。そして、わたしもそう思う。教師になったら、わたしは子どもたちに、

「しんどいなら学校くらいいくらでも休んでいいよ。だけど、来たら何かいいことがあるって、誰かが待ってくれてるってことは知っておいてね」

と伝えたい。

江崎さんの言葉はたどたどしく、面接用のものじゃない。けれど、誰かの受け売りではな

く、本当に自分を、そして自分の周りの世界を考えて出た言葉だ。この市のために働くとしたら、絶対に江崎さんだと思った。

「確かにそうですよね。そうすれば、観光客を呼びこむこともでき、若者の流出も防げると思います」

と誰かがそれらしい意見を加え、討論は終了となった。

「江崎さんの考えってすごいと思った」

わたしは面接会場から出ると、すぐにそう言った。

「え？　そうかな」

江崎さんは自信なさそうに首をかしげる。

「ありきたりのことしか言えない自分が恥ずかしくなったよ」

「そんなことないよ。岸間さんの意見のほうが、なんていうか、それらしかった」

「それらしいでしょ？　わたし、型どおりの言葉しか出てこなくて」

「そんなことないよ。いい答えだったよ」

「いい答えっていうのもどうかと思うけど」

二人でそんなことを言いながら、市役所を出て、日差しの強さに折りたたみ傘を開いて吹き出した。

「そうだ、おそろいだったんだ」

「一緒に使うことはないだろうと思ってたのに、あったね」

江崎さんの肌は白くて、日傘の影でなおさらきれいに見える。

「なんかすごく仲良しみたい」

と言う江崎さんの言葉に、

「仲良しみたいって、わたしはすでに友達だと思ってたけど」

と答えると、江崎さんは、

「そっか。うん。そうだね。友達なんだね。うん、友達。けっこうな友達」

と恥ずかしそうに笑った。

そんなふうに、じっくりと友達認定をされたことなど初めてで、わたしはくすぐったくなった。

「そうだ。聞きたかったんだけど、どうして、岸間さんは小学校の先生になりたいの？ それも、わざわざ社会経験までして」

面接会場の市役所から駅までは遠い。江崎さんがゆったりと歩きながらそう聞いた。

「前話したけど、感染症が流行ってた時、休校で給食がないことで困ってる子がいて、その子の家に母とパンを持って行ってたんだ。その時、学校って、最低限の生活を与える場なんだって感じて。だから、先生にもっと子どもたちのこと見てほしいって思ってた。たぶんその時から学校で働きたいってどこかで考えてた気がする」

「そうなんだ」

「あのころって、長期欠席の子を気にかけるとか、親が不在の子をフォローするとか、そういうことがうまく機能してなかった感じで、怖いなって思ってた。地域の子どもたちを誰も取りこぼしてほしくないなって……」

そう言いながらわたしの頭に浮かぶのは、小学三年生の蒼葉や、高校に行かないと平然と言ってのけた蒼葉の姿だった。将来を語る時、そこにはいつだって蒼葉がいる。

「岸間さん、しっかり先を見て進んでるんだね。私なんか、なんでもいいから外に出なきゃと思ってるだけだもん。全然違う」

江崎さんはそう感心してくれた後、

「でもさ、小学校の先生になる前に会社で働くのって、必要？」

とわたしの顔を見た。

「え？」

「岸間さん、いくつかの会社で社会経験を積んでから小学校で働きたいって言ってたでしょ。それ、必要かな」

「どう、かな。いろんな保護者がいて、いろんな家庭の子どもがいることを肌で感じたいって思ったんだけど」

大学四年生の時のわたしは、そう思って教員採用試験を受けなかった。いくつかの仕事を経験して社会を知ってからでないと、子どもの実態をきちんと把握できない。そう思った。

「世の中の仕事なんて何万とあるじゃん。それ、全部経験するなんて無理でしょう」

「うん。だから、三、四年働いてって、思ってるんだけど」

「どうなのかな……」

江崎さんは少し考えてから、

「長年家にこもってた私が言うのもどうかと思うんだけど。回り道や寄り道も人生には必要だっていうけど、そんなの無駄な時もあると思う。部屋にこもってたからこそ、手にしたものもわずかにはあるよ。でも、手にできなかったもののほうが、私には多い」

と言った。

「……そうなんだ」

「岸間さん、すぐに学校で働くべきだと思う」

「え？」

江崎さんがあまりにもはっきりと言うのに、わたしは戸惑った。こんなにも明確に指摘されることはめったにない。

「社会経験積んでる間に、会えるはずだった、救えるはずだった子どもたちはどうなるの？岸間さんの三年は、子どもにとっては長い期間だよ。今、三年生の子どもだったら卒業してる」

「でも……」

たかがわたし一人が教育現場に加わったとして、何か変わるだろうか。いや、その意識が間違っているのかもしれない。

「岸間さんには想像力があるでしょう？　相手のことなんてわかりっこないけど、おばあちゃんしかいない子の気持ちも、金持ちの家の子の気持ちも、貧乏な家の子の気持ちも、友達がいない子の気持ちも、どんな子どもの気持ちだって想像はできるじゃん。わざわざ仕事に就かなくたって、子どもと面と向かって顔を見ればわかることのほうが多い気がする」

江崎さんの言葉に何も言えなかった。まったくそのとおりだ。どうしてそんな簡単なことに、わたしは気づかなかったのだろう。少しでもいい教師になりたい。子どもの今ある状況を敏感に感じとれる教師になりたい。そう思っていた。そのためには、社会に出なくては、少しでも経験を積まなくては、と考えていた。けれど、その間に見逃されている子どもがどこかにいるかもしれない。大事なのは、踏みこんでいくことだ。蒼葉の家を訪れた母は、教師でもなく、夜の店でしか働いたことがなかった。それでも蒼葉が何に困っているのかすぐにわかったではないか。その子の前に足を運ぶこと。それ以上に大事なことはないのかもしれない。

「あ、ごめん。すごい偉そうだったよね。私ネットばかり見てるから、理屈っぽくなってて。だけど、あの、私、引きこもってたのに、こないだ岸間さんと話すの楽しかったんだ。SNS以外で知り合った人と顔を合わせるのなんて初めてに近いのに、だんだん緊張が解けて、自分のこと話したくなって。岸間さんが自分のことを教えてくれるのもうれしかった。だから、あのあと、ずっと不思議だった。岸間さん、こんなに人を受け止める力があるのに、どうして早く先生にならないんだろうって。ごめん、余計なお世話だったよね」

わたしが何も言わないままでいたからだろう。江崎さんが早口で次々と言葉を並べた。

「ううん。図星だよ。江崎さんの言うとおり。わたし、どうせ、落ちてるだろうけど、この会社辞退する。今年の教員採用試験はもう終わってるから、まずは講師登録して、来年の採用試験受ける」

わたしは突然何を宣言してるんだろうと、言い切ってから自分に笑った。

「私が余計なこと言ったせいで、むちゃなことさせてない？」

江崎さんが不安そうな表情を浮かべる。

「全然だよ。ありがとう。今までわたしの周りって、味方になって応援してくれる人ばかりで、反対意見って初めて聞いた気がする。だけど、そうだよね。教師になりたいって思ってるくせに、とんだ遠回りをしてた」

わたしのそばには、声をかけてくれる人がたくさんいるのに、誰も反論をしない。みんなわたしに優しくなりすぎているのだ。

「いや、うん。なんか、なんかだね」

わたしの唐突な進路変更に、江崎さんは困った顔で笑った。

「江崎さん、面接でも思ったけど、いろんなことに考えを巡らせられる力を持ってるんだね」

「えー。そんなわけないよ。十年以上の引きこもりだよ」

「それでも、家にいながらでも、いろいろ考えたりいろんな勉強したりしてたんでしょう？」

「家庭教師はいたけど、毎日ボケーっとしてただけだよ。ああ、でも母親が昔、幼児教室の先生で、もしちょっと賢いとしたら、幼いころあれこれ母親にやらされてたせいかな」

江崎さんは、

「休校中なんて、ヴァイオリンに体操までだよ。やれやれだったけどね」

と笑った。

「先生って、もしかして……」

江崎。その名前に聞き覚えがあったのは、江崎さん自身じゃなく、お母さんだったのか。

面接で最初に名前を聞いた時、どこかで知ってる名前だと思ったのは間違いじゃなかった。

「もしかして、江崎さんのお母さんって、江崎京子《きょうこ》さん？」

「そうだけど？」

江崎さんが不思議そうにわたしを見る。

「やっぱりそうだ。わたし、江崎って名前知ってると思ったの、気のせいじゃなかったんだ」

「そういえばそう言ってくれてたね。でも、どうして母の名前知ってるの？」

「わたしの母が亡くなった後、母が育った児童養護施設にあいさつに行ったの。そしたら、プレイルームに江崎京子文庫ってコーナーがあって、本やら子どもたちが遊ぶ幼児教材がたくさん置かれてたんだ。そこで、江崎さんの名前見てたんだね。だから、どこかで知ってる気がしたんだ」

「江崎京子文庫？」

「うん。幼児教室の先生だった人が、この市の児童養護施設にいろいろ贈ってくれてるって、施設の先生が言ってたよ。知らなかった?」

わたしが聞くと江崎さんはうなずいた。

「あ、もしかして秘密だったのかな。ごめん、余計な話だったのかも」

江崎さんのお母さんは、家族には言わずに活動していたのかもしれない。わたしが謝ると、

「ううん。聞けて良かった。うっとうしい母親の意外な一面を知った」

と江崎さんは笑った。

話している間に駅に着き、わたしたちは次に会う予定を立てた。一週間後合格発表の日、落ちても受かっても夕ごはんを食べようと約束をして別れた。

わたしは江崎さんを見送ると、そのまま市役所へと戻った。今回の就職を辞退するために。江崎さんとお揃いの日傘が影を作ってくれているからだろうか。市役所までの上り坂は面接を受けに向かう時より、緩やかに感じられた。


駅で岸間さんと別れると、私はすぐにスマホで児童養護施設を検索した。ここから一番近い施設は電車とバスを乗り継いで三十分。慈愛園というところだった。

江崎京子。よくある名前だ。けれど、幼児教室で働いていたことまで共通しているとなると、母の可能性が高い。あの母がいつからそんなことをしていたのだろう。いったい何のために。

そう思うと、実際にこの目で確かめずにはいられなかった。

手ぶらで行くのもどうかと思い、慈愛園の最寄り駅の中にある書店で絵本を二冊購入した。「うどんのうーやん」と「わくせいキャベシ動物図鑑」。母はまじめで道徳的な、いかにもためになりそうな絵本を寄贈しているだろうから、書店で笑えそうな絵本を選んだ。これなら重ならないだろう。

駅からはバスで十分。バス停からすぐのところに慈愛園はあった。畑が広がり、その奥に建物がある。

ずいぶん前に建てられたのか、灰色のコンクリートで殺風景な建物ではあるけれど、入り口にたくさん植えられている朝顔が明るい空気を醸し出していた。眼鏡をかけたおばあさんが、入り口前をほうきで掃いている。この人が園長先生なのだろうか。

「あの、すみません、こんにちは」

私が声をかけると、おばあさんは「はーい」とのんびりした返事をして私に顔を向けた。

「えっと、こんにちは。あの、私、江崎京子の娘です。その」

とそこまで言いかけて、江崎京子が私の母と別の人物だったら、ここには本を寄贈していなかったらどうしようと、思っていると、

「あらまあ、江崎先生、こんな大きなお子さんがいらっしゃったの？　まあそっくりで」

とおばあさんはうれしそうに微笑んでくれた。

「ああ、はい。お世話になっています」

間違ってはいなかったようだ。私はほっとして頭を下げた。

「こんにちは。私は園長の山橋《やまはし》です。こちらこそお世話になってて。まあまあ、あがってくださいな。子どもたちは残念ながら、学童に行ってる時間帯で。夕方に来てくださったら、帰ってたんですけど。ごめんなさいね」

私が子どもたちに会いにきたと思っているのか、先生はそう言いながら「どうぞ」とスリッパを出してくれた。

「あ、あの、私、本を持ってきただけなので。母の文庫コーナーを見せていただいたらすぐ帰ります」

そう言って一歩施設内に入った私は、空気の重さを感じた。施設特有の雰囲気は、学校にすらまともに行っていない私にはなじみのないものだった。うっすら灰色がかった壁にかかっている当番表や目標や行事が書かれた色画用紙。子どもたちが集うであろう食堂の窓には折り紙で作られた動物や花が貼り付けられている。私に会釈だけをし、てきぱき動く先生たち。明るい色やにぎやかな絵では覆えないひっそりしたものや、ここだけにあるルールが、外から入ってくる私を遠ざけているように感じる。

「ここにね。ほら」

園長先生が手で示したプレイルームと表示がある和室の一角に、江崎京子文庫と記された棚があった。

「ああ、本当だ」

私はスリッパを脱ぎ、先生に続いて棚の前に立った。

「どうぞのいす」「ねないこだれだ」「はらぺこあおむし」私が何度も読んでもらった絵本が下の段に並び、上の段には、「坊っちゃん」「走れメロス」「赤毛のアン」などがある。ああ、いかにも母らしいラインナップだと笑ってしまう。

本棚の横には、古いトランペットにハーモニカ、百二十色の色鉛筆や絵の具が置かれている。子どもたちが何を好きになってもいいようにという思いだろう。母は私が幼かった時と変わらず、子どもの可能性を信じているのだ。

「お手玉が大人気で、みんなで取り合ってますよ。昔の遊び道具と思いきや、必死で練習して競い合ってて」

園長先生が見せてくれた箱をのぞきこむと、ちょうちょ結びの練習になる紐や、パズル、お手玉が入っていた。驚いたことに、それらは母の手作りのようだ。

しかも、お手玉に使われている布は、母らしくもなく流行のキャラクターだらけだ。私にはキャラクターものは飽きるからだめだって、買ってもくれなかったくせに。

「あ、そうだ。私も本を持ってきたので、棚に入れていいですか」

「もちろんです。ありがとうございます」

ぎっしり本が立てられた棚に隙間を作ろうと本を端に寄せた私は、「あ」と声が出た。

「うどんのうーやん」がすでに置かれている。

「かぶっちゃった」

私がつぶやくと、

「その本、人気があるから二冊あると子どもたちすごく喜びます」

と先生は言った。園長先生の表情は心から喜んでくれているのがわかる。どこか岸間さんに似てるな。そう思った。

「お母さんにもよろしくお伝えください」

私を玄関まで見送りながら、園長先生が言った。

「母、よく来るんですか？」

「ほかの施設も回ってくださってるから、ここには十日に一度くらいかな。読み聞かせをしてくださったり、遊びを教えてくださったり。子どもたちも先生が来るのを楽しみにしていて」

「そうなんですね」

習い事を始めたのかと思っていたけど、母は施設を巡っていたのか。出かける前の母はいつもうきうきしていた。子どもに会うのが、子どもに何かを伝えるのが、心から好きな人なのだ。私も母にはたくさんのものをもらっていたはずなのに、すっかり忘れていた。

本棚に並べられた絵本は、私が幼いころ母が好きだったものとは少し違っている。私が年を取るように、大人の母だって少しずつ変わるのだ。変わらない人間なんて、どこにもいない。

母は子どもへの愛情を、何か伝えたいという思いを、少しずつ形を変えながら、今はこうして施設の本棚に詰めこんでいるのかもしれない。ここに来たことを話すことで、母との関係は和《なご》やかになるだろう。だけど、それよりも先に、私が踏み出していく姿を見せなくては。

「私が来たことは秘密にしてくださいね」

と念を押して、私は施設を後にした。

観光センターの就職辞退を申し出た帰り、わたしは駅の書店で来年の試験に向けて問題集を購入し、帰宅後すぐに県のホームページから講師登録の用紙をダウンロードした。用紙に必要事項を書きながら、蒼葉にも報告したいと思った。もう回り道はやめて、教師を目指すよ。少しでも早く、子どもたちに会いたいからと。

学歴、資格、志望動機などを書きこんでいくたび、蒼葉の顔が浮かぶ。

よれよれのTシャツを着、やせほそっていた姿。わたしと母にチョコレートをごちそうしてくれた時のうれしそうな顔。一斉登校再開後は、会うたびに笑って手を振ってくれたっけ。中学に入って大人びた蒼葉は、わたしをからかうクラスメートに立ち向かってくれた。そのあともずっと一緒にいてくれた。高校入試も大学入試も蒼葉がいたから合格できた。母を亡くしたわたしのそばにいてくれたのも蒼葉だ。

わたしが教師になりたいという思いを抱いた根本には蒼葉との出会いがあって、教師になるための道を歩くわたしの背中を蒼葉が押してくれた。

夢や未来につながる道に、いつも蒼葉がいたのだ。お互い住む世界が違うから、好きにならないように。蒼葉はそう言って、わたしを岸間さんと呼ぶようになった。だけど、わたしが蒼葉を好きにならずにいられる方法などあるのだろうか。

「住む世界って何？　蒼葉君って火星にでも住んでるの？　それにしたってロケットとかあるじゃない」

お母さんだったら、そう笑うだろうな。小学三年生の時お母さんは、「公立のメリットは徒歩圏内にクラスメートがいるってことでしょう」と迷わず蒼葉の家に向かった。

わたしと蒼葉は、住む世界どころか、学区まで同じだ。手を伸ばせる場所にいる蒼葉は、決して違う世界に住んではいない。

講師登録用紙を書き終えたわたしは、引き出しからはがきを取り出した。残り物の年賀はがきしかないけど、まあいいか。こういう大ざっぱなところお母さんに似てるよなと、最近自分で気づくようになった。

伝えよう、蒼葉に。なりたいものになるのに、回り道ばかりしていられないのと同じ。蒼葉に好きだと言うのに、後先を考えてもしかたない。

知り合ったばかりの江崎さんは、アドバイスをまっすぐにしてくれた。学校に行かず十年以上家にいたというのに。いや、一人でいろんなことを考えてきた江崎さんだから、できたことなのかもしれない。学校で同じ年齢の集団の中にいると、相手の行動を否定するのは、はばかられる。どこか違うと思っていても、できる限り同意し応援するというすべが身についてしまっている。わたしとは違う生活を送ってきたからこそ、江崎さんはあいまいな言葉を使わず真正面からわたしに切りこむことができたのかもしれない。

誰かと共にいれば、楽しいし得ることも多い。だけど、集団生活を無傷で送ることも、何一つ自分を繕《つくろ》わずに他人といることも、不可能に近い。それでも、出会ってよかった人はいる。わたしにとって、蒼葉に出会えたことは、何よりの光で今のわたしを作る原動力だ。その思いをどこかに追いやりながら生きることはできない。

わたしは一つ深呼吸をすると、はがきに率直な思いをそのまま書いた。


七月最後の金曜日、採用を知らせるメールが届いた。ああ、やった、やったんだ、という思いがふつふつと湧いてくる。多くの人数が採用される、さほど難しくはない試験だったのかもしれない。だけど、自分の力で何かを成し遂げたのは初めてだ。私にもこんなことができたんだと胸が熱くなる。

カナカナは、ここ毎日、「どうだった?」とメッセージをくれている。受かったことを報告すれば、「おめでとう」「さすがハルだね」と祝ってくれるだろう。ただ、そのあとには「私だけ取り残されたね」「一人になったんだ。どうしよう」と繰り広げられるにちがいない。

それがわかっていても、カナカナに伝えないのはよくない。待ってくれているのだから、早く報告しなくては。けれど、スマホに向けた指は一向に動かない。

重い話を聞くのは、合格した事実を体中で感じてからでもいいだろうか。自分だけ抜けだしたような罪悪感を抱く前に、次に進む道筋を手にしたことを、単純に喜んではいけないだろうか。そう。一日だけ。今日だけこの沸き立つ気持ちを何も考えずに味わっていたい。

私はカナカナには明日伝えることにして、岸間さんにメッセージを送った。岸間さんからはすでに、講師登録をしたことや採用試験の準備をしていることを聞いていた。私に採用通知が来たら、食事をしようと約束をしている。

受かったよ。ひとまずほっとした

私がそう送ると、数分後に、

本当におめでとう!!　わたしもうれしい！
さっそく、今日お祝いしちゃう？

と岸間さんから返信が来た。

うん！　いいね！

と答えると、岸間さんは私が住む最寄り駅近くのイタリアンレストランの情報を添付し、ここどうかな？　よかったら予約しておくね。とメッセージをくれた。

物事はこんなにもすみやかに進むんだ。と岸間さんの手際の良さに驚く。社交辞令じゃなく、本当にお祝いしたいという気持ちが伝わってきてうれしい。私は岸間さんに「賛成！」と返事を送った。

その後、ネットで何回もレストランを調べて場所や雰囲気を確認した。ファミレスよりちょっとだけおしゃれという感じだが、夕飯を外で食べることがここ十年以上なかった私は、何を着ていこうかとずいぶん悩んだ。気の張った格好をするほうが恥ずかしいか。かといって、Tシャツはカジュアルすぎかな。でも、面接じゃないんだしと、私はネットで買った服を並べてあれこれと組み合わせ、水玉のブラウスに紺のパンツで行くことにした。

夕方にバッグを手に下に降りていくと、リビングで本を読んでいたお母さんに、

「あれ、出かけるの？」

と声をかけられた。

この時間に少ししゃれた格好で私が外に出ていくことはまずないから、驚いたのだろう。

「そうそう、就職合格したわ。面接で仲良くなった子と夕飯食べてくる」

と私はなんでもないことのように告げた。

一次二次の面接後、「どうだったの?」と聞かれ、「受かってる」とは答えていたから最終面接まで通過していたことは知っているであろうけど、まさか合格するとは思っていなかったのか、お母さんはしばらく手を止めてまじまじ私を見てから、

「夕飯って? 今から?」

と尋ねた。

「まあ、そうだけど」

「食べるって、外で?」

「そうだよ」

「仲良くなった子?」

お母さんは確かめるように言葉をゆっくり発する。

「ああ、うん。女の子ね」

「それはどっちでもいいけど……。つまり、友達とごはんを食べるってこと?」

「お祝いしようって、約束してたんだ」

「そう、そうなんだ。いいね」

お母さんの頬がふっと緩んだ。

「まあね。またさ、家では今度ケーキでも買ってよ」

私は一つ呼吸をしてから、そう言った。カナカナだけでなく、家族までないがしろにして

友達を優先しているようで、少しだけ気が引けた。

「やだな。ケーキ、作っちゃうわよ。お母さん」

お母さんは立ち上がると、「楽しんできて」と微笑んだ。

「うん、じゃあ、……行ってきます」

「いってらっしゃい」

弾んだお母さんの声が、玄関に向かう私の背中に聞こえる。

「合格おめでとう」や「就職決まったんだ」の一言もなく、「いってらっしゃい」だとは。お母さんが驚いたのも喜んでいるのも就職が決まったことではなく、友達と食事に行くことだなんて。今度、お母さんに岸間さんがどんな子か話してもいいかもな。お母さんも岸間さんを好きになるだろうし、岸間さんについての話を楽しく聞いてくれるはずだ。


十分前には着いたのに、レストランの前では岸間さんが待っていた。私がこういうところが初めてで少々不安を抱えていることを、気がはやって早く到着することを、推測していたのだろう。

「わたしも今来たところ」

と言う岸間さんの笑顔と弾んだ声は、こちらの緊張をすべて解いてしまう。

「うそうそ。お待たせ。ありがとね」

私も笑った。

予約してくれていたおかげか、奥のゆったりとしたテーブル席に案内された。岸間さんは私に何がいいか聞いてくれながら注文をし、私たちはビールで乾杯をした。

「そういや、私、お酒飲むの初めてだ。げ、苦いんだね」

私がそう言うと、

「家でも飲んだことないの？」

と岸間さんが目を丸くした。

「うん、なんか忘れてた」

「何を？」

「二十歳になってたこと。いや、自分の年は知ってるんだけど。二十歳になったらお酒を飲めることかな。って、それはわかってたか。でも、なんだろう、なんかそういうの、忘れてた」

もちろん、自分の誕生日も自分が何歳なのかも、日本の法律もわかっている。だけど、外で誰かと食事を共にしてこなかったからか、代わりばえのしない毎日を送っていたからか、もう自分がお酒を飲める年なんだと今まで知ることがなかった。

「じゃあ、今日はお祝いだらけだね」

岸間さんは楽しそうに笑った。

そのあと、私たちはピザやパスタをつまみながら、いろんなことを話した。

私が江崎文庫を見に行ったことを話すと、

「すごくいいコーナーだよね」

と岸間さんが言ってくれた。

「そう？」

「うん。わたしの母がいた施設のコーナーは、ちょっとがんばって読んでみたらいいなと思う本と、おもしろおかしく読める本と、あと手作りのお手玉とか紐遊びとか、子どもの興味をひくものがいっぱいあったよ。それになぜか三味線まで。江崎さんのお母さん、本当に子どもが好きなんだね」

岸間さんの言葉に、初めて母を誇らしく思った。

「そうだね。母は、子どもは好きなんだよね。昔から」

「子どもはって、江崎さんのことも大事にしてくれたでしょう」

「まあそれはそうなんだけど。タイミングが合わなかったり、私の思いに当てはまらなかったりして、母の愛情と私とがうまく合致しなかったっていうか」

私は正直に言った。

「そういうことってあるよね。それでも、学校行ってなくても江崎さんがちゃんとしてるの、お母さんの影響もあるかもだね」

「残念だけどそれはそうかもね。岸間さんは、学校行ってたんだよね？　行ってよかった？」

なんだか私の話ばかりになっている。そう思って、私は話題を変えた。

「どうかな。感染症になる前は、学校が大好きでしかたなかったんだ。それなのに、感染症が落ち着いた中学辺りから、ちっともうまくいかなくて、学校生活はどんよりしてたかな。でも、行っておいてよかったとは思う。江崎さんは？　休校前は学校好きだったんだよね？」

「うん。一番好きな場所だった。分散登校している間は、早く当たり前の学校生活を送りたいってずっと願ってた。それなのに、私は不登校になってそのまま」

「江崎さん、かわいいし、頭いいし、人に好かれそうだから、うまく行ってたら、学校生活満喫してそうだよね」

「そうかな。岸間さんだって、なんだかんだ順調にいけばさ、学級委員とかしてるタイプだよね」

「それって、偉そうってこと？」

岸間さんは顔をしかめて笑った。

「ちょっとだけね」

お酒のせいか、私は目の前の岸間さんが笑うと、自分まで楽しくなってそう軽口をたたいた。

「わたし、まじめだけが取り柄みたいなとこあるからなあ。だけど、感染症がなかったら、もう少しスムーズに学校生活過ごせてたかもとは思っちゃう。休校とかマスクとかディスタンスとかたくさんルールがあった後に、突然普通の学校生活に戻れと言われても、調子狂っちゃうよね」

「そうだよねえ。……私はさ、感染症で青春が奪われた、やりたいことできなかったって怒ってる人がうらやましいよ」

「そう？　どうして？」

少し酔いを醒ますためか、岸間さんが水を飲んでから聞いた。

「そんなふうに言える子ども時代を送りたかったなって。私なんか感染症のおかげで、不登校でも目立たなくてよかった、ネットで受験までできてよかった、感染症ってありがたいと思ってたくらいだから……。感染症で行事がなくなることに怒りを覚えて、部活動や友達との付き合いが制限されることに憤《いきどお》って。抑制されながらも、そんなきらきらした十代を送りたかった」

ちょっと熱く語りすぎたか。私が顔を上げると、岸間さんは深くうなずいた。

「わたしもだよ。最初は感染症で学校生活が不自由になってしんどいと思ってたはずなのに、中学に行ってからは行事の度に気が重くて、もう少し感染症が続いたらよかったのにと思ってしまうこともあったんだ。親密に付き合わなくていいソーシャルディスタンスって、意外とよかったのかもって。それでいて、そう思う自分が情けなくて嫌でしかたなかった」

「もし、感染症がなかったら、どうだったんだろうね。私たち」

私が言うと、岸間さんは「どうだろう」としばらく首をかしげてから、

「友達がたくさんいて、部活で活躍して、行事で盛り上がって。って、そんな理想どおりいったとは限らないよね。十代なんて、どんな条件の中でも絶対につらいことあるし」

と言った。

「そうだよね。うん。そうだね」

感染症さえなかったら、私は友達に囲まれて、にぎやかな学校生活を送っていただろうなどとどこかで思っていた。だけど、そうだったとは限らない。いつだって人生は厳しいし、学校生活は楽しいことばかりじゃない。そんな当然のことを今知った気がする。

「でもさ、感染症があったから、手紙のやり取りの相手と出会えたでしょう？　この間話してくれた、えっと、樋口君だっけ？」

岸間さんが明るい口調で言った。

「ああ、そうだね」

「樋口君と出会えたのって、その状況の中だったおかげだよね」

「うん。それはある」

机の中を探る手にメモが触れた時の一気に盛り上がる気持ち。短い言葉に大きくうなずいて、自分と同じ思いの仲間がいると知る安心感。会おうと約束してから、どれほど明日が待ち遠しかったか。あのすべてをなくしてしまうくらいなら、感染症で自由に動けなかった日々も受け入れられる。そのあと十年以上もの暗澹《あんたん》とした毎日を引き換えにしても、あの手紙を交換したことをなかったことにしたくない。

「岸間さんも、感染症があったから、学校で働きたいって思えたんだよね」

「それはそうかな。感染症なんてひどいことばかりだったけど、感染症があったから密になれた相手もいて、そのおかげでできた道もある気がする」

岸間さんは静かにそう言った。

私も同じだ。あの時間が私に与えたものは、ネットをうまく操ることくらいだと思っていた。けれど、そうじゃない。

三十通以上やり取りした短い手紙。その子と会う約束を守れなかったことが、私を何年も学校から遠ざけた。だけど、感染症がなかったら、手紙自体存在しなかった。たわいもない言葉が、こんなにも心を弾ませてくれることも、心にずっと残ることも知らなかった。あの手紙を開く瞬間の心の高鳴りは、平和な学校生活の中では感じられなかっただろう。

そして、私が手にしたのは、手紙の相手だけじゃない。

「そうだ。手紙の相手、会いに行ってみれば？　もう会えるよね。就職も決まったし」

岸間さんはデザートを頼もうとメニューを開きながら言った。前に樋口君から手紙をもらい、それをきっかけに就職活動を始めたことは話してある。

「うん。会える……かな」

そう言いながら、果たしてそれでいいのだろうかと私は思った。まだやらないといけないことがあるような気がする。彼に会っていいのかどうか、答えが出るのはもう少し先だ。自分でもどうすべきかわからないから、この話は保留にして、もっと早く答えが出る質問を岸間さんにした。

「それよりさ、岸間さんは蒼葉君に告白とかしないの？」

「え？」

「だって好きなんだよね？」

私が言うと、岸間さんは「あれれ」と耳まで赤くした。

こないだのカフェで私たちはほとんどのことを打ち明けあっていた。好きだと聞いたわけではないけど、岸間さんが蒼葉という男の子のことを話す時の表情は、真剣だったりうれしそうだったりしたから、好意があるのはすぐにわかった。

それを言うと、

「江崎さんすごい洞察力だね」

と岸間さんは私の目をじっと見た。

「そんなの、誰だってわかるよ」

「そっか。そうなのか」

「で、どうなの？」

「ああ、あの、それさ、手紙を書いたんだ。ってはがきに書いただけなんだけどね」

岸間さんは赤くなった顔を右手であおいだ。

「まさかラブレター？」

「うん。まあ」

「うわ、古風。でも、すてき」

「よく会ってるから、面と向かって言う勇気がなくて」

「で、返事は？」

赤くなってる岸間さんの代わりにデザートの注文をすると、私はわくわくしながら聞いた。

勝手な予測だが、うまくいったに決まっている。

「来てない」

「え？」

「まだ返事来てないんだ」

「手紙、いつ出したの？」

「一週間ほど前かな」

「それなら、もう届いてるよね。返事来ないなら、会いに行って確かめなよ」

「いや、だめだってことだろうしさ」

「そんなわけないよ」

「ほら、前に言ったけど、住む世界が違うってすでに言われてるし」

岸間さんは頼りなく言った。

蒼葉ってやつも岸間さんも、なんてじれったいのだろう。話を聞いただけでも、二人の気持ちは明らかにわかる。さっさと行動すればいいだけなのに。引きこもっていた私ですら、そう思う。

「答え聞きに行ったほうがいいよ。ずっとほうっておくなんて、ありえないよ。もう告白したも同然なんだから、堂々と聞きに行けばいいじゃない」

そう言いながら、自分のことはどうすべきかわからないのに、どうして人のことだと簡単に解決法がわかるのだろうと不思議に思う。

「えー。どうかな」

「逆だったら、岸間さん、私に早く彼のところに行きなよ、明日にでも行けって言うでしょ?」

「そんなこと言うかな」

「言うに決まってる。学級委員みたいに偉そうに、相手のところに言って顔を見て気持ちを確かめなさいって言うよ」

私がそう言うと、岸間さんは、

「学級委員みたいに偉そうに?」

と大笑いしてから、

「そっか。そうかもね」

とうなずいた。

デザートを食べ終えると、私は、

「次は、岸間さんが蒼葉君の返事を聞きに行ったあとに、食事しよう。早くしてね」

と言っていた。

私、次の約束なんかをしている。面と向かって、しかも相手に条件まで付けて。初めて知る自分の強引さに少し驚きつつも、岸間さんが「江崎さんと食事するのだけは大賛成」と言ってくれたのがうれしい。

私たちは、

「じゃあ、またね」

「うん、連絡するね」

などと言いあって、店の前で別れた。

帰り道、私は何かを取り戻した気がした。心の中の暗がりが薄れ、弾むものがそこに現れている。なんだろう、これは。……そうだ、小学校に入りたてのころの自分だ。あのころの私は、何でもできそうで誰とでも仲良くなりたかった。嫌なことがあったって、明日や明後日に楽しいことがあると信じていた。あの時の私が、ほんの少し顔をのぞかせている。

私は家までの道を歩きながら、

無事に採用通知もらいました！　応援してくれてありがとね
カナカナに会いたいな

とメッセージを送った。

カナカナは、ずっと私とメッセージをやり取りしてくれた。小学四年生の時からほとんど毎日。親がうっとうしくて腹立たしかった時も、家庭教師がいなくなって途方に暮れた時も、どんなこともおざなりにせずに私の話を聞いてくれた。

最近は、自分が外に出ることに精いっぱいで、後ろ向きなことを言うカナカナが重荷に感じることもあった。けれど、暗い部屋で足踏みしながらも、ここまで来られたのはカナカナがいたからだ。顔と名前を知らないだけで、私たちは十年以上も語り合ってきた。

おめでとう!!!　やったね!!

カナカナの返事はすぐに来た。やっぱり待ってくれていたのだ。

ありがとう。半分はカナカナのおかげ
カナカナに会ってお礼言わなきゃだね

私はそう返信すると、スマホをポケットに入れて歩きはじめた。
夏も真ん中に近づく夜は、暗くても怖さはない。どこに行く時も重かった足が、今日は軽く感じる。私はどこへでも行けるんだ。一日曇っていたせいで、空には月も星も見えない。それでも、今までで一番美しい夜空だ。

江崎さんと食事をした次の日。七月最後の土曜日。朝ならいるだろうと、十時過ぎにわたしは蒼葉の店ではなく、住まいへと向かった。江崎さんの言葉はいつも的を射ている。そして、うろうろ迷っているわたしをすぐに動かしてしまう力がある。蒼葉のことはもう考えないでおこうと自分を納得させていたわたしが、彼女の一声で、翌日にはもう行動しているのだから。

蒼葉の家に来るのは、小学生の時以来だ。あの時すでに古い建物だと思っていたけれど、十五年近く経つ今でも変わらない姿で建っている。簡素なつくりなのに丈夫なんだなと妙なことに感心しながら、はやる心臓を抑えチャイムを鳴らした。

二十秒ほど経っても誰も出てこない。親は数年前に家から出たと言っていたし、蒼葉は寝ているのだろう。しかたない。どこかでほっとして帰ろうとしたところに、扉が開いた。

そこには、当然だけど蒼葉がいた。

「あ、どうも」

わたしが小さく頭を下げると、

「えー、ちょっと岸間さん。連絡してよ。来てくれるなら、片付けたり顔洗ったりしたいじゃん」

ぼさぼさ頭にTシャツと短パン姿の蒼葉は、顔をこすりながらそう言った。

「ああ、そうだよね。ごめん、出直すね」

「全然全然。来てくれてありがとう。部屋超汚いけど、それはもう知られてるからいいや。まあ、上がってよ」

と蒼葉はわたしに入るように示した。

「あ、うん。……お邪魔します」

今逃げてはどうしようもない。ここまで来たのだ。わたしは緊張したまま足を進めた。

「ちょっと待っててな」

わたしを居間に通しながら、蒼葉は畳の上の布団を隅に押しやる。

「ごめんね。突然」

「全然ＯＫ。でも、歯だけ磨かせて」

蒼葉は歯ブラシを口に突っこみながら、ペットボトルの紅茶をグラスに注いでテーブルに置いてくれ、「なんかあったかなー」と冷蔵庫や棚をごそごそして「渋すぎるけど」と柿の種を出してくれた。

「お待たせ」

歯磨きを済ませ、顔も洗ったらしい蒼葉は、タオルで顔を拭きながらわたしの前に座った。

「えっと、朝早くにごめんね。寝てただろうに」

ここまで来ておいて、切り出す勇気はなく、わたしは同じような言葉を繰り返した。

「もう十時過ぎてるし、起きようと思ってたところ。そう。手紙、ありがとね。ちゃんと読んだよ」

蒼葉はさらりとそう言った。

「ああ、うん。手紙……」

そううなずいただけで、わたしは頬が熱くなるのを感じた。

住む世界なんか違わない。もし、違ったっていい。わたしはずっと蒼葉のことが好きです

長く書いてもしかたない。はがきにはそれだけを書いた。自分で文面を思い出しても、こそばゆくて倒れそうだ。

「返事出そうと思いつつ、俺、筆不精で」

蒼葉はそう言ってから、

「違うか。ずっとどう答えるべきか、どうしたらいいのか迷ってたから」

と座りなおした。

「そう、なんだ」

わたしは紅茶を一口飲んで、なんとなく姿勢を正し、それでも少しも落ち着かず部屋の中を見回した。蒼葉一人で暮らしているからか、物が減ったせいか、小学生の時より部屋はきれいだ。

「岸間さんはこれから先生になるんだよね。俺なんか中卒で飲み屋で働いて、先を想像しても肝臓壊すくらいしか思い浮かばない。教育も愛情も受けてないし、未来だってたかが知れてる」

蒼葉はそう切り出した。よく口にする話だ。

「その話、何回も聞いたよ」

「だって、それが現実だから。でもさ、俺、岸間さんの手紙読んで、いろいろ考えた。本当

はずっと前から心のどこかで考えてはいたんだけど……」

「何を？」

「命の恩人を好きになってもいいのかなって。貧乏で親に放置されて育って、大人になった今は夜の仕事をしてる。未来も過去も現在も、どこにも誇れるものがない俺が、好きになったって不幸にしてしまうだけじゃないかって」

「誰を不幸にするの？」

「だから岸間さんを……っていうか冴ちゃんを」

蒼葉は、少し迷ったように一呼吸おいてから、わたしの名前を言いなおした。「冴ちゃん」その響きの懐かしさに胸が痛くなる。岸間さんという呼び方と一緒に、勝手に抱えている恩だってどこかに追いやってくれたらいいのに。

「わたし、命の恩人なんかじゃないのに」

蒼葉を救えたのならうれしい。だけど、それが蒼葉と自分との間に、大きな壁を作ってしまっているのなら、あの日々を後悔してしまいたくなる。

「俺さ、命を助けてもらっただけじゃなく、あの時すごくうれしかったんだ」

蒼葉は顔を上げて、わたしを見た。

「あの時？」

「冴ちゃんとここでチョコレートを食べた時」

「ああ、あったね。ジュースと一緒に食べたよね」

「そう。冴ちゃんのお母さんがみんなのジュースの味、イメージで決めてさ」

「そうそう、お母さん強引だから。一瞬だけマスク外して、口にチョコを入れて、またマスクを戻して。なんか忙しいおやつだったな」

あの光景を思い出したわたしたちは、少しだけ笑えて、少しだけ緊張がほどけた。

「冴ちゃん、ただのチョコなのに、何度もおいしいって言ってくれて、本当にうれしそうに食べてくれたんだよな。人から恵んでもらうしかなかった俺なのに、誰かを喜ばすことができるんだって、あの時、初めて知った。自分を価値のない哀れな子どもだと思ってたのに、目の前が明るくなった気がしたんだ」

「本当にあのチョコレート、人生で最高においしかったから」

今でもあの日のことは、鮮やかに思い浮かべられる。記憶のどこもあやふやになっていない。母と蒼葉と三人でこのテーブルを囲んだ。いつまでも崩れない幸せな思い出だ。

「あの時以上に幸せな瞬間は、二十三年生きてきて一度もないんだ。俺」

「そんなの、わたしもだよ」

「本当に？　だったら、冴ちゃんすごいかわいそうな人生じゃん」

蒼葉は、そう笑ってから、

「俺はさ、愛情を受けた経験がないから、愛とか思いやりとかが自分には欠如してると思ってた。勉強は参考書を読めばなんとでもなるし、運動だって練習すればできる。でも、あの親の元に生まれた事実は変えられないから、努力したところで愛を知ることは不可能だと思ってた。だけど、冴ちゃんがチョコを食べてうれしそうな顔をした時、俺にも自分以外の人のために何かができるって、すごくうれしかった。中学校で冴ちゃんがからかわれていると知った時は腹が立って、思わず行動に出てた。でも、あの時の冴ちゃんのうつむいた顔見て、ああ、これは違う。冴ちゃんのためにと思ったって、独りよがりだったなとわかった。そのあとは、冴ちゃんが夢に向かうのなら応援したいと思ったし、悲しい時はできるだけ言葉をかけたい、退屈なら楽しい話をしようって。……俺、そうやって冴ちゃんといながら、愛ってどういうものかって、人を思うってどうすることかって、間違えたり迷ったりしながら、知っていった気がする」

「そうなのかな……」

「でも、俺、冴ちゃんが思ってる以上に、汚い人間なんだ」

一気に話していた蒼葉は、かすれた声でそう付け足した。

「汚い？」

「万引きなんか小学一年からしてたし、親の財布からお金抜くなんて日常茶飯事だった。中学出てからは女の人とホテルに行って、お金をもらったことだってある。しかも、一度や二度じゃない」

目を背けずに言う蒼葉に、わたしも目をそらさずに「今は？」と聞いた。

「今？　どうだろう。たぶん、ここ三年くらいは自分なりにはまっとうだと思う。冴ちゃんから見ればわからないけど……」

蒼葉の言葉に、

「それなら問題ない」

とわたしはしっかりうなずいた。

わたしが思う以上に蒼葉が困難な人生を歩いてきたのはわかるし、きれいごとだけで生きていけないのも知っている。

「わたしのお母さん、感染症で仕事がない時、スケスケの服でインターネットでおじさんと話してお金稼いでたよ。わたしは、何も知らないまま純粋培養されて育ったわけじゃないよ」

わたしが言うと、蒼葉は「冴ちゃんのお母さんって本当におもしろいよな」とやっと笑ってくれた。

そして、グラスの紅茶を飲み干すと、

「俺はずっと好きだったよ。小学生の時、うれしそうにチョコレートを食べてくれた時から。お金も自信も何もないけど、俺、冴ちゃんを好きになってもいい？」

と言った。

わたしは、うれしさよりもほっとして涙がこぼれていた。ああ、そうだ。わたしは蒼葉がずっと好きだった。自分で思っていたよりも、蒼葉が思ってくれているよりも。

自分の気持ちが、同情なのかわからなくなった時も、そばにいてくれることへの感謝なのか親しみの情なのか見分けがつかなくなった時もある。でも、愛しているという気持ちがそこにはあった。

わたしが生まれた時、愛の塊が目の前にあると思ったとお母さんは言っていた。そして、わたしがお母さんを思う以上に、愛するものに絶対に出会えると教えてくれた。

「え、何で泣くの？　いやってこと？」

蒼葉はわたしの横に来て顔をのぞきこんだ。

「違うよ。うれしくてほっとして、なんかわからないけど、目から出てくる」

わたしの答えに、「目から出てるの、それ涙だから」と蒼葉が笑ってわたしを抱きしめた。

お母さんの言うとおりだ。愛も幸せも形はない。だけど、それが見える瞬間は本当にある。

蒼葉の硬い腕の中でそう思った。

カナカナの住んでる駅のそばまで行くよ。そこでならどう？
うーん、なんか無理な気がする。駅は人が多いし
じゃあ、家の前で話すのは？　そばに公園とかあればそこで
どうだろう。うち団地だしさ。公園はあるにはあるけど。なんかなんかだわ

私の就職内定後、「置いていかれるのは不安だ」「これで一人になったわ」などと言っていたカナカナは、それなら実際に会おうと私が申し出ると、とたんに消極的になった。毎日のように誘うのだが、なんだかんだと言って乗ってこない。外に出ることを、無理強いするべきではないのはわかる。けれど、もうすぐ研修が始まる私に、「がんばって」と励ましつつ、「取り残されちゃったね」とつぶやくカナカナをほうっておくことは、自分一人抜け出すようでできなかった。

小学四年生から十四年の付き合いだ。名前は偽名だけど、それ以外は、本当の気持ちを語り合ってきた。子どもだったころの親への苛立ち、学校に行かずにいることの不安や焦燥感《しょうそうかん》、将来どうなってしまうのだろうという恐怖、光の射さない洞窟にいるような閉塞感。そういう気持ちをカナカナと共有できたから、私はここまで来られた。

樋口君との手紙のやり取りは、私に光を与えてくれた。明日が待ち遠しいという、とっておきの気持ちを教えてくれた。宝箱の中の手紙を読み返せば、未だに私をわくわくさせてくれる。

けれど、現実の私とずっと向き合ってくれたのはカナカナだ。どんな私にもいつも言葉を送ってくれた。今回の面接に向けてだって、どうせ無理だと言う私の不安を跳ね飛ばしてくれた。

カナカナをどうこうしたいわけじゃない。外に出るのが正しいとか、働くべきだとか思ってはいない。
でも、「置いていかれる」「自分だけ進めない」彼女がそう感じているのなら、その気持ちは払いのけたい。そうしないと、私が前に進めない。

私なんかじゃなく、樋口君に会えばいいじゃん。そのほうが楽しいよ。ね。そうしておもしろい話聞かせてよ

カナカナのその言葉に、私は、

私の本当の名前、江崎心晴っていうんだ。ハルはコハルのハル。名字はエザキね

と返した。
脈絡のない私のメッセージに驚いたのだろう。カナカナからは、

へ？

とだけ返ってきた。
そりゃそうなるよな。と自分で苦笑してから、

カナカナには、誰よりも私の本当のこと話してきたのに、名前だけは言ってなかったなと思って。私のこと一番知ってるのカナカナだから、名前も教えたくなったんだ

と説明した。

そっか。そうなんだ。突然すぎだけど。心晴っていうんだね。すごいかわいい。名前、正解だな。ハルと話してると、心が晴れるもん

本当？　ありがとう。えっと、カナカナは？

何が？

名前。教えたくない？

名前を明かしてしまうと、外見以外はすべて知り合う仲になる。それが怖いのだろうか。カナカナからの返事は、そのあとしばらく来なかった。先走ったか。十四年間こもっているカナカナに、一気に近づこうとするのは、無謀なのかもしれない。

私が「ごめんごめん。本名聞く必要なんてないよね」と打ちかけていると、カナカナから、

金井果菜だよ。カナイカナ。超ダサいでしょ

と返信が来た。

私は「かないかな」とつぶやいてみて、こっそり笑った。SNS上の名前とほとんど一緒だ。カナカナは思うほど自分を覆っていないのかもしれない。

金井果菜でカナカナ！　さすがだね！　すっごいゴロのいい名前！　響きも最高！　かわいくてすっきりしてて、すっごくいい名前！

私はなんだかうれしくなって、ビックリマークをたくさんつけてしまった。

どこがよ。果物と野菜っていう漢字もだし、かないかなってダジャレみたいでダサすぎ

果物と野菜食べてれば、だいたい健康になれるじゃん。ね、会おう

へ？

だから、会おう。どこだっていつだっていい。私カナカナに会いたい。話したいことい
っぱいあるんだ

名前を知ったら、会いたいという気持ちは今までの比じゃないくらい膨れ上がった。カナ
カナが前よりずっと近くに感じる。それに、実は私は強引なのだ。こないだ岸間さんと話し
ていて気づいたけど、そもそもの私はこうと思ったら人のことに平気で口を出してしまう人
間なのだ。

話したいこと、今だってだいたい話してるじゃん

SNSでじゃなく、直接話したいの

ハル面倒なやつだな

そうだよ。私がそういうやつって、知ってたでしょう？　カナカナの最寄り駅のそば
にさ、公園あるよね

私はパソコンでカナカナの最寄り駅近くの地図を開きながらメッセージを打った。

どうかな。知らないけど

駅の北口から2分ほど歩いたところに公園あるよ。そんな大きくはなさそう。えっと、

ああ、森坂3丁目街区公園だって

拡大した地図で名前を調べ、カナカナへのメッセージに地図を貼り付ける。

行ったことないかも

でも、カナカナは近いからわかるよね？　私、明日そこにいるね。昼1時から5時まで

は？　明日？　突然だし強引だし無茶苦茶

だけど、そうでもしないと、一生会えない気がする

会わないとだめなの？

それはわからないけど、でも、会えなかったら、私、また小学4年生の時と同じことを繰り返しちゃうよ。明日の最高気温34度だって。早く来てくれないと熱中症になるから

げげげ。脅しじゃん。ハルは外出るの平気だろうけど、私は部屋からも出てないんだから

それ何回も聞いた。この2週間私たち同じ話ばっかしてるもん

まあそうか

二週間、堂々巡りのやり取りをしながらも、カナカナは少しくらいなら外に出てもいいかなと気持ちが傾いているはずだ。三日前は、今ならTシャツと短パンで外出る感じ？　というメッセージが来た。

とりあえず待ってるから

小学四年生の時は、待ち合わせの日がいつになるかわからなかった。それでも私はいつか来る日を心待ちに、毎日を送っていた。

今度は約束の日も場所も明確だ。相手の名前もわかっている。小学生の時とはちがい、大人になった私は、自分だけの意志で会いに行くことができる。

鬱々とした日々の中で私が得たことは、パソコンの扱いだと思っていた。ネットで友達を探し勉強をし、進学さえもできた。

だけど、それだけじゃない。

誰かと交わす言葉がどれだけ支えになるのかを、そして、その人と会える喜びが何ものにも代えがたいことを、知った。

カナカナと続けた十四年間のメッセージは、一万通は超えているだろう。樋口君との手紙も、カナカナとのメッセージも、どれだけしんどかった日々を帳消しにしてくれると言われても、手放したくない大事なものだ。

カナカナからの返事は来なかった。けれど、どうであれ、私は行くのだ。今度は私が樋口君のように出会えず帰ることになるのかもしれない。だけど、私とカナカナのチャンスは明日だけではない。何度だって約束をして、何度だって会いに行けばいい。

明日、カナカナに会えるかもしれない。

一斉登校が始まると知って、手紙の相手に会えるんだと体が勝手にジャンプした小学生のあの日と同じように、私の心は跳びはねていた。

第五章

　去年新任として配属された小学校でわたしは三年生を受け持ち、今年度は四年生の担任となった。

　学校で働きはじめて思い知ったのが、対保護者の仕事が思いのほか多いことで、保護者のネットワークは強く、あっけなくわたし自身がどういう人間かさらされてしまうことだ。

　昨年度の二学期中盤には、保護者がわたしの生い立ちについて噂しているのが耳に入りはじめ、最後の個人面談時には、

「先生、ご両親もご親戚もいないんですね」

「旦那さん、夜のお仕事なんでしょう」

　などと言われることもあった。

　どの質問にも、正直に「そうなんです」と答えた。何も悪いことじゃないはずで、隠した

ところでどうしようもない。ただ、不安に思われるのはよくないと、「夫はただの飲食店ですし、わたし自身はいろいろ体験したということで、子どもたちを広い目で見られる気がします」とにこやかに付け加えた。それがどれほど効果があるのかは不明だけれど、誰もそれ以上わたしに詰め寄ることはなかった。

教壇に初めて立った時は、生意気盛りの小学生とはいえ、まだまだまっすぐな子どもたちがかわいくて、この子たちのためなら何でもできる、それ以外に何がいるのだろうと思ったけれど、それだけでは回らないのが学校なのだ。それでも、けっして閉じちゃいけない。教室の風通しは、よければよいほうがいい。

四年生の担任となったわたしは、始業式後の学活で、

「先生って、お父さんが一歳で死んで、お母さんは十七歳で亡くなったんだ。それでもって、きょうだいもいないし、おじいちゃんもおばあちゃんもいないの」

と話した。

初日からなんて暗い話をするんだろうと思われないように明るい口調で。子どもたちからは、

「マジで」

「岸間先生、超かわいそう」

などと返ってきた。

「でも、お母さんがすっごく愛情を注いでくれたから、全然かわいそうじゃないんだよ。み

んなのおうちも、おばあさんだけだったり、お父さんだけだったり、両親ががっつりいたり、口うるさかったり自由だったりいろいろだよね」

「俺、お母さんしかいないしー」

「私、おばあちゃんまで一緒に住んでる」

「うちのママ死ぬほどうるさいし」

数人の子どもたちが口々に言い出す。

「うわあ。やっぱり、いろんな家があるよね。まったく同じような家の人っていないんだよね。ちなみにさ、先生の旦那さんは、超男前で、賢くて、すてきで……あ、そうじゃなくて」

ここで子どもたちがどっと笑ってくれた。子どもたちの笑顔を見ると、本当にうれしくなる。

「えっと、男前はおいといて、旦那さんは中学しか行ってなくて、今は夜のお店をやってるんだ。悪い店じゃないよ。夜に開店してるだけで、ただ飲んだり食べたりする店ってことね」

「へー」

「大人って感じ」

一部の目立つ子どもはすぐに声を上げてくれ、八割の子どもはこちらを見て何かしらの反応をしている。うつむいている子や、指先をいじってる子。こういう子もよく見ておかないとな。わたしは教室を見回しながら、話を続けた。

「環境も一人一人違うし、考えてることも一人一人違うから、人のことわかるのって難しいよね。でもさ、先生ちょっぴりだけどみんなより年上で、その分、何とかできることもあると思う。だから、先生はみんながどんな状況にあるのか、どんなこと思ってるのか、少しでも気づけるようにしたいんだ。もし、先生がぼやっとしてたら、ぼくのこと見てねとか、あの子、寂しそうだよとかって教えてね。クラスのことはみんなのほうがよく知ってるって、信頼してるから」

「わかった」

「任せて」

という声に、

「めんどー」

「だりー」

という声。

よそを向いたままの子もわざわざ興味のなさそうな表情を浮かべる子もいる。だけど、わたしは知っている。みんなの心のどこかには、必ず、よくなりたい、よくしたい、自分をクラスを、という思いがあることを。

この子たちと、このクラスを作っていくんだ。「学校って悪くないよな」「ここにいれば自分だって何かできる」「このクラスにいれば安心だ」と思える場所を。そう思うとわくわくすると同時に、気が引き締まる。

子どもからの情報は少しずれるから、保護者に歪《ゆが》んで伝わることも多い。わたしは行事予定やクラス紹介の下に小さく自己紹介を書いた学級通信を配布した。

確認をお願いした時に、校長先生が「え？　この自己紹介を載せるの？」と顔をしかめたものだ。

「どこが悪いですか？　親がいないことですか？　夫が夜働いてることですか？」

とわたしが聞き返すと、黙ってしまったけど。

「いよいよ明日から本格的に始まるね。どうせなら四年二組を幸せなクラスにしよう」

二十八人の顔を一人ずつ見て、最後にわたしはそう言った。

子どもってどうしてこんなに輝いているのだろうと、まぶしくなる。わたしや蒼葉だってきっとこうだったのだ。どんな状況にいても、数えきれない未来を抱えている子どもたちは光を放っている。この子たちを一人も取りこぼすことなく、少しでも楽しいと思える日々を創りたい。明日に向かえる力をつけてあげたい。そう思わずにはいられなかった。


観光センター内の子どもふれあいコーナーを担当して三年目に入った。

窓が大きく取られたセンターには五月の透きとおるような日差しが降り注いで、照明がなくても十分に明るい。

今年私はチーフを任されている。子どもたちに地域を知ってもらうためのコーナーを作るのが私の仕事で、入社当初からアイデアはいくらでもあふれ出た。十年以上勉強以外に使ってこなかった頭は、仕事を与えられ、水を得たように動き出した。提案の半分以上は却下されたけど、現実に形になるものを考えるのはこんなに楽しいのかと、仕事に夢中になっていた。

母は何度もここを訪れた。私の働きぶりを見たいのもあるだろうけど、何より子ども向けの展示に興味があるようで、展示物が変わるころにやってきては、楽しそうに見て回っている。母が言うには、父も何度かセンターの前を通りすがりに窓越しに目を向けていたそうだ。中には踏みこめない父と、「どうぞ」とこちらから招き入れることができない私には、まだまだ距離がある。外に出て働きはじめたからと言って、すべてが解決するわけではない。それでも、次は窓の向こうからでも父が足を止めてここを見てくれたらいいと思う。

再来週の水曜日、小酒井《こさかい》小学校の四年生が総合学習で観光センターを訪れる。その下見で日曜日の今日、岸間さんがここに来る。二ヶ月に一度ほど夕飯を食べたり、ことあるごとにメッセージをやり取りしたりと、岸間さんとは連絡を取っているけれど、職場で会うのは初めてだ。私は少し緊張をし、そしてそれ以上に私が携わったこのふれあいコーナーを見てもらうことにわくわくした。

約束の時間ちょうどにやってきた岸間さんは、

「うわ、すてきだねー」

と入ってきてそうそう、「江崎さん」と手を振りながら、言葉をかけてくれた。

「そう？」

「置いてるものもバラエティーに富んでるし、並べ方も凝ってて、どれも触れたくなるもん。子どもじゃなくても楽しい空間だよね」

「ありがとう」

「ここは、何の展示をしてるの？」

岸間さんは一番大きな棚の前で足を止めた。市の山で採れた木を一枚板にして作ったオープン棚には、たくさんの作品が置いてある。

「ここは、全部市在住のアーティストの作品なんだ」

「え？　こんなにこの市にアーティストがいるの？」

岸間さんが展示を見回して目を丸くする。

「アーティストと言っても、プロだけじゃなくて、教室を開いてる先生から、趣味の人もいるけどね。センターに作品を持ってきてもらって、ＯＫが出たら展示できるの」

絵本に粘土細工にかごにパッチワーク。子ども向けに作ってもらったものを、テーマごとに分類して飾っている。いくつかは販売もしており、購入も可能だ。

「うわ、これかわいい」

岸間さんは羊毛フェルトで作られた妖精を指さした。

「それはこの県に住んでいるであろう妖精をイメージして作られてるんだ。作者いわく、季節ごとに十人の妖精がこの県にはいるらしくて今は春の十人」

「へえ、夢の世界みたい。……あれ、この製作者のカナカナって、もしかして」

「うん。あのカナカナ」


金井果菜に会えたのは、十二度目の約束でだ。ずいぶん時間がかかり、叶った時には私は就職をしてすでに秋になっていた。

カナカナはやせっぽっちの小柄な女の子で、「初めて会うのに手ぶらもどうかと思ってさ」と、震える手で羊毛フェルトで作ったぬいぐるみを差し出した。今にも消えてしまいそうなカナカナのその手を、私は思わず握っていた。

「心晴をイメージして作ったんだ」

とカナカナが言う羊毛フェルトの私は、羽がはえていて、胸にお日様がついていた。

「すごくすごくかわいい。それに、すごくすごくうれしい」

その日以来、そのぬいぐるみはいつでも私と一緒に行動している。


岸間さんは、「あ、これあの子たち好きそう」「山本くん虫好きだから長居するな」「ここは壊れやすそうなもの多いから注意しておかなくちゃ」などと独り言を言いメモを取りながら、丁寧に見て回った。

「なんか、すてきなものいっぱいでほしくなるね」

フロアを見終えた岸間さんが言うのに、

「出口でグッズ販売してるんだ。ぜひお買い上げください」

と私が答えると、

「うわ、しっかりしてる」

と岸間さんは声を立てて笑った。

大人になったな。初めて会った時から私よりずっと大人だったけど、目の前の岸間さんを見てそう思った。やりたいことをやって、その分不安と喜びを背負って。そして、絶対的な味方がいるからだろう。揺るがない強さを感じる。

「夜ごはん、一緒に食べよう」

見学が終わった岸間さんに言うと、

「もちろん。どこがいいかな？」

とすぐに岸間さんは賛成してくれた。

「蒼葉君の店、空いてる？」

「いけると思うよ。席とってもらうよう電話しとくね」

私は蒼葉君と岸間さんを見るのが好きだった。他人をこんなふうに信頼したり大切に思えたりするんだと、そばにいると心地いい。二人の間で積み上げられているものが、穏やかで風通しのいい空気を作っている。自分も誰かに必要とされ、誰かに安心してもらえる存在になれたらどんなにいいだろう。それにはもう少し時間が必要だろうか。

けれど、私にも信頼できる人はいる。岸間さんにカナカナに樋口君だ。

樋口君と会えたのは、この仕事について一年が経ってからだ。

お互いどれだけ手紙に勇気づけられたかを話し、会えなくて心配だったこと、約束を守れなくて苦しかったことを打ち明けあった。樋口君は朗らかで飾らない男の子で、手紙のやり取りをしていたくらいだから、話が合い、その後も何度か会った。あのころ手紙で「遊びたい」「一緒に走り回りたい」と言っていた私たちは、大人になった今、その願いを叶えるかのように、いろんな場所に出向いては、心から楽しんで笑いあった。

樋口君の兄である家庭教師の樋口も含め、三人で会ったこともある。

「いろいろ安心したよ。弟と教え子が二人そろってすっきりしちゃってさ」

とわずか六歳年上の樋口は、人生の先輩のように目を細めていた。

弟が傷つけてしまった子かもしれないと思うと、どう接していいかわからず、私の家庭教師をするのは難しかったと漏らしながらも、それでも、こうして社会に出た私を見ると本当にうれしいと誇らしげに言ってくれた。

小学三年生からの十五年間。

送るべきだった日常。用意されていたであろう未来。そこにあったはずの喜びや楽しみ。それに付随する悲しみや困難。私たちはそれらを手にすることは、できなかったのかもしれない。

だけど、私のもとにはあの日々が連れてきてくれたものがたくさんある。どれも失いたくないものだ。

日が頂点から西へと傾きはじめたのが影でわかる。そろそろ忙しくなるころだ。カナカナが作ってくれた私のぬいぐるみの太陽がついている場所、ちょうど胸の下あたりに手をあてる。やらなくてはいけないことがまだまだある。やりたいことと同じくらいに。さあ、これからだ。私はさっきより濃くなった日が差す扉のほうへと体を向けた。

瀬尾まいこ（せお・まいこ）

一九七四年、大阪府生まれ。大谷女子大学文学部国文学科卒業。二〇〇一年「卵の緒」で坊っちゃん文学賞大賞を受賞し、翌年、単行本『卵の緒』でデビュー。二〇〇五年『幸福な食卓』で吉川英治文学新人賞を、二〇〇九年『戸村飯店 青春１００連発』で坪田譲治文学賞を受賞。二〇一九年に本屋大賞を受賞した『そして、バトンは渡された』は、二〇二一年に映画化され、文庫版は同年の年間ベストセラーランキング文庫部門（トーハン及び日販）で第一位に。他の著書に『図書館の神様』『強運の持ち主』『あと少し、もう少し』『傑作はまだ』『夜明けのすべて』『掬えば手には』『その扉をたたく音』など多数。

私《わたし》たちの世《せ》代《だい》は

二〇二三年七月二十五日 第一刷発行

著者 瀬《せ》尾《お》まいこ
発行者 花田朋子
発行所 株式会社 文藝春秋
〒一〇二―八〇〇八
東京都千代田区紀尾井町三―二三
電話 〇三・三二六五・一二一一（代表）
印刷所 大日本印刷
製本所 大口製本
組版 萩原印刷

ISBN978-4-16-391727-6